廚病激發BOY

chubyou gekihatsu-boy

原案：れるりり (Kitty creators)
作者：藤並みなと
繪者：穗嶋 (Kitty creators)

LN001
三日月書

のだやまと
野田大和

憧憬著英雄的長不大少年。
為了拯救世界每天都在努力修行。

高嶋智樹

（たかしまともき）

只愛二次元的殘念系帥哥。
最愛的老婆是「AI Llive!」的小空良。

なか むら かず ひろ

中村和博

右手寄宿著暗黑神(?)的孤高秀才。
自己取的別名是龍翔院凍牙。

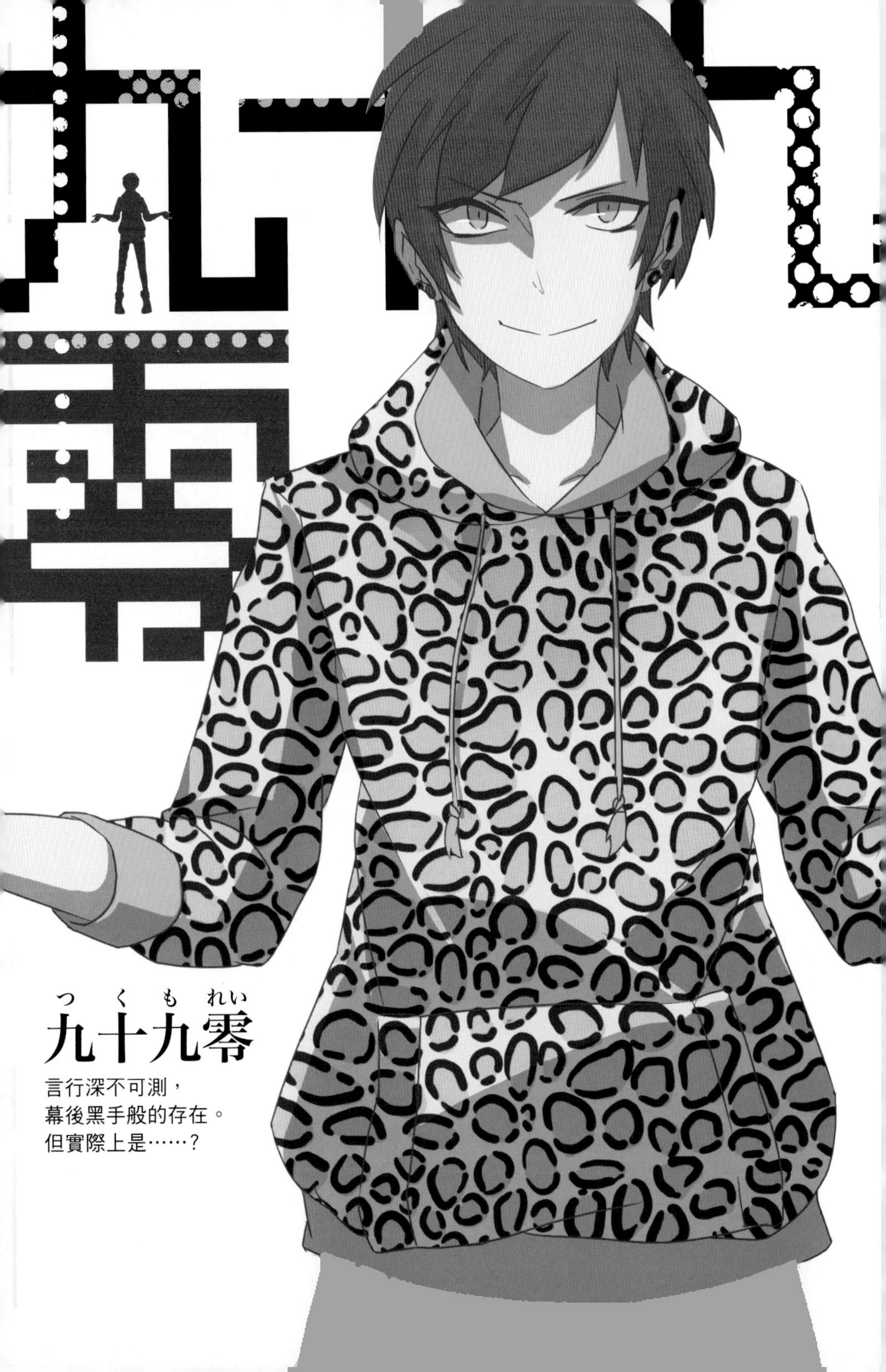
つくもれい
九十九零
言行深不可測，
幕後黑手般的存在。
但實際上是……？

character
CHUBYOUGEKIHATSU-BOYS
TOMOKI TAKASHIMA
MIZUKI HIJIRI

REI TSUKUMO
KAZUHIRO NAKAMURA
YAMATO NODA

Contents

目錄

GOBOOKS & SITAK GROUP©

GOBOOKS
& SITAK
GROUP©

三日月書版

三日月書版

第一章

去吧！我的探照光線

「總算來了……！」

轉學第一天，我才在全班同學面前打完招呼，有個男生突然放聲大喊，猛地站了起來。他就是野田大和。

那名少年的個子跟同年紀男生比起來非常嬌小，有張娃娃臉。

身上穿著T恤和牛仔褲，打扮很隨便。

他漲紅著臉，瞪著黑溜溜的大眼睛，像是想把我吞下肚一樣緊盯不放。

「怎麼了，野田？」

班導有點訝異地詢問，野田同學才像是夢中驚醒般眨著眼睛，一邊回答「沒……沒什麼」一邊坐下。

不不，怎麼可能沒什麼？這很明顯一定有什麼吧？

即使已經坐回座位，野田同學還是一直朝我這裡看過來……

先來自我介紹吧，我的名字叫做聖瑞姬。

中等長度的黑髮，身高一六〇公分，體型普通。

牡羊座AB型，今年十五歲，興趣是看書、上網和音樂鑑賞，是個血統純正的室內派。

喜歡的顏色是淺藍色，喜歡的花是沈丁花，喜歡的詞彙是「平穩」。

因為某些緣故，我在五月中旬這個不上不下的時期轉到了私立皆神高中。

皆神高中是以校風自由聞名的升學學校，最近校舍進行了全面改建，所以每個角落都閃亮如新，讓人覺得很舒服。

因為沒有穿制服的規定，原本一直在想大家會是什麼樣子，結果基本上都是休閒風格的便服，奇裝異服的學生幾乎不存在，而且有很多女生穿著自己準備的水手服或西式校服，打扮成制服風格。

我今天穿的是上一間學校的水手服制服，外面披著一件薄荷綠針織衫。現在看到很多人穿著跟我類似的服裝，算是鬆了口氣。

我不想太引人注目，不起眼最好。

而我最大的願望，就是和意氣相投的朋友一起度過平穩無礙的高中生活。

——話題回到野田同學。

誠如剛剛的說明，我的外表並沒有什麼特別顯著的特徵。

再說那時候我也只有在大家面前說了自己的名字而已，但他還是作出了那個神祕的反應。到底是什麼東西『總算來了』呢？

後來我在指定座位坐下，開始上課聽講，可是這段期間還是一直感覺到野田同學的視線。就轉學生的立場來說，被同班同學當成珍禽異獸、並被投以稀奇的眼光是很正常的，但野田同學很明顯跟其他人不一樣。

臉色帶點潮紅，眼神充滿熱情。

我咬牙回頭看了一次，結果他露出親切友善的笑容對我微笑，所以我姑且點頭致意了一下，再次把頭轉開。

但我知道，在那之後他還是繼續熱情地注視著我。

這是怎樣？到底怎麼回事？

第二節課的下課休息時間。

沒事做的我，坐在自己靠窗的座位上眺望窗外。

五月的天空萬里無雲，涼爽的微風吹動著樹上的綠葉。

直到目前為止，還沒有人找我說話。

畢竟這個時期，班上大多都已經各自形成小團體了嘛……雖然還是看得出來大家對轉學生確實抱著好奇心。

要是自我介紹的時候能多笑笑就好了，只是這副冷淡個性是天生的。

而且昨天右眼長了針眼，只好一直戴著眼罩。大概被認為是個超難相處的傢伙吧。

乾脆我主動找人說話看看？可是好擔心她們會被嚇到耶……

當我還在左思右想的時候，身後忽然有人搭話。

「這個時期轉學真是稀奇啊～」

回頭一看，幾個面帶笑容的同班女生正看著我。

總算來啦——！是救兵啊，太感謝了。

這可是重要的第一次接觸，隨便回應是不行的！

「是啊，因為父母工作的關係……」

我硬是壓下心裡少許的緊張感，帶著苦笑回答。

「妳的右眼怎麼了？」

「長了針眼。」

我輕輕摸著被眼罩覆蓋的右眼，心裡暗嘆轉學第一天真是不走運。

「原來是這樣啊～要是能快點好起來就好了呢。我是渡瀨菜菜子，請多指教！」

有著一頭輕柔長髮的女孩對著我微笑，我的心情馬上開朗起來。

菜菜子……真是個治癒系的可愛女生，希望可以變成好朋友

心裡明明已經響著歡欣鼓舞的勝利號角，但我就是很難把心情表現出來，只露出淺淺的微笑，點了點頭。

要是能笑得更友善一點就好了……這僵硬的臉部肌肉實在太可恨！

「對了對了，來到新學校肯定會覺得不安，有什麼事都可以跟我們說哦！」

「嗯！大家一起做朋友吧！我的名字叫做……」

太好了，大家都好親切……

同學們親切隨和的態度讓我放心不少。就在大家做完簡單的自我介紹後，操場方向傳來了男生的聲音。

「大和！」

我忍不住循聲看去，正好看到一個小個子男生做出一個高度驚人的跳躍，用胸口接下另一個金髮男生踢過來的傳球。

面對好幾個直奔而來的人，野田同學以靈活的運球進行閃避和肩膀碰撞，徹底攻破守備，不斷朝著對方的球門逼近，然後舉腳射門。

足球在完全反應不過來的守門員左上方凌厲入網。

喔喔……好帥氣。

硬要說的話，我其實不擅長運動，所以很羨慕那些可以自由運用身體的人。

「踢得真棒，野田同學是足球社的嗎？」

我相當佩服地詢問，菜菜子邊說「不是耶」邊搖了搖頭。

「野田同學所有運動都很拿手，所以經常有人找他加入運動社團，可是他好像全部都拒絕了。」

原來是這樣啊～真神祕。是不是有什麼隱情呢？

野田同學露出滿意的笑容，比出勝利動作。剛剛傳球給他的金髮男生跑過去勾住他的手，像是獻上祝福一般不斷架他拐子。

呃，我記得他的座位好像是在野田同學前面……

「那個男生是誰？」

「高嶋同學。他是野田同學的兒時玩伴，兩人感情很好哦。」

喔……兒時玩伴。

一頭金髮加上多到莫名其妙的髮夾，感覺相當有個性，不過仔細看其實是個帥哥啊，高嶋同學。

不輸藝人的端正五官，身材也相當修長。

而且還把白襯衫搭背心和格紋長褲這種學院風格的衣服穿得非常好看。

雖然覺得跟自己是不同世界的人，而且看起來太輕浮不是我的菜……不過野田同學也有一張可愛的臉，兩人站在一起實在相當顯眼。

我邊看邊想著這些東西的時候，野田同學忽然回頭，朝我直直看來。

他又在看我?!

那道無所畏懼的目光實在太堅定，即使隔了一段距離依然感受得到，我一時慌了手腳，連忙轉過頭去。

「……感覺野田同學好像一直在看瑞姬？」

「嗯嗯，該不會是一見鍾情之類的吧？」

聽到菜菜子她們的話，我先是呆了一下，隨後露出苦笑。

「不可能發生那種事啦。」

我可是非常清楚自己的長相等級啊。

「唉唷——有可能有可能！因為瑞姬很可愛呀。」

不不，菜菜子才可愛啊！我雖然打從心底這樣認為，但我不希望變得像是互相吹捧，所以只回答了「沒這回事沒這回事」。

「不過話說回來，感覺野田同學跟高嶋同學都很受歡迎呢。」

「……」

「……」

「……」

原本打算改變話題才隨口這樣說，但剛剛還笑著聊天的女生們不知為何忽然沉默下來，同時撇開了視線。

……嗯……？

之後幾堂課，我還是一樣三不五時就和野田同學四目相交。不是我自我意識過剩，他絕對一直在看。

為什麼要這樣盯著我？難道以前曾在哪裡見過面嗎？

我真的很想找他問個清楚，但野田同學下課時間總是跟坐在前面的高嶋同學黏在一起。

我的理想是盡量低調而平穩地過日子。然而在這個受人注目的程度非比尋常的轉學第一天，被那種顯眼的男生們全力糾纏，實在讓人覺得無奈。

到了午休時間。

來去邀請菜菜子一起吃便當吧……！

我站了起來，正準備朝著菜菜子的方向跑過去——可能是太心急了，一不小心絆到旁邊的椅子，整個人失去平衡。

要跌倒了……！

就在我驚恐不已的時候，有人抓住我的手臂，撐住了我。

「沒事吧？」

略帶沙啞但還沒完全變聲的男生聲音就在耳畔響起，內心頓時小鹿亂撞了一下。

野田同學?!

「沒、沒事，謝謝你。」

聽到我道謝，野田同學臉上綻開了笑容，不過很快就變成嚴肅的表情。

「我有重要的事情想跟妳說。」

他只說了這句話，就這樣繼續抓著我的手臂，開始邁步。

咦?咦?咦咦?

「野、野田同學?」

這麼突然是在幹嘛?話說班上同學都在盯著我們看啊……!

陷入混亂的我，被沉默不語的野田同學拖著離開了教室。

我被帶到沒有人煙的屋頂上。

野田同學鬆開手，用肅穆無比的表情看著我。

我的心臟從來不曾跳得像現在一樣快。

雖然完全搞不清楚狀況，不過現在這個樣子……難道是要告白？

——「該不會是一見鍾情之類的吧？」

菜菜子的聲音再次迴盪，而我心想怎麼可能，加以否定。

……可是每個人的喜好都不一樣啊……

野田同學一直用充滿熱情的眼神看著站立不動、連大氣都不敢喘一口的我。

最後，他終於開口說話了。

「——我等妳好久了，粉紅戰士。」

……………………啥？

「粉紅戰士……？」

我聽不懂所以複誦了一遍，而野田則是對著我用力點頭，大聲回答「沒錯！」。

「我早就有預感了！命運的五位戰士，將會集結在這間學校裡……！不合時宜的轉學生！充滿神祕感的眼罩！還有聖瑞姬這個品味十足的命名！看到妳的第一眼我就覺得全身顫慄，妳就是女主角啊！」

眼中光芒四射的野田同學伸出食指朝我用力一指……但我實在聽不懂半句。

命運的戰士？女主角？啥？什麼玩意？

我還在發愣的時候，現場傳來另一道聲音。

「冷靜一點，大和，你嚇到轉學生了。」

一邊抖著肩膀死命憋笑一邊走過來的人，正是那個顯眼的金髮帥哥……高嶋同學。

「你也來啦，黃戰士。」

「黃戰士?!我是黃色嗎?!」

表情嚴肅到極點的野田同學這樣叫他，讓高嶋同學大吃一驚地瞪大了眼。

「對啊，見到粉紅戰士的時候我才注意到，智樹是黃戰士。」

「不不，至少也該是藍色吧！黃戰士給人的印象明明是負責搞笑的胖子，像我這種舉世無雙的美男子不可能是黃戰士啦！」

高嶋同學對著野田同學全力提出抗議。說完之後，他才想到我還瞠目結舌地站在旁邊，於是裝模作樣地咳了一聲，轉過身來。

「啊，簡單解釋一下，因為大和他太喜歡英雄節目和特攝主題了，所以一廂情願地認為自己是戰隊的紅戰士。所以，他大概覺得聖是粉紅戰士吧。」

…………啥啊啊啊啊？

這是在講什麼東西？我還不知道該怎麼反應的時候，野田同學先是一副「才不是一廂情願」的樣子瞪了高嶋同學一眼，隨後看向我這裡。

「粉紅戰士妳擅長的技能是什麼？右眼果然擁有特殊力量對吧？從『聖』這個姓氏來看應該是回復系？不，也有可能是……」

「我、我才沒有什麼擅長技能！再說我也不是粉紅戰士！」

我整整退了三步，堅定表明自己的立場。野田同學馬上像是大受打擊一般，邊說「妳說什麼……?!」，同時露出痛苦的表情。

「所以是還沒覺醒嗎……」

「不是還沒！這一輩子都不會有覺醒這件事發生！」

「不必害怕。就算得到了自己無法承受的力量，粉紅戰士，妳的身邊還有同伴啊。」

他用力豎起大拇指鼓勵著我。

真的無法溝通啊……

呃，也就是說，野田同學之所以從早上開始一直盯著我看，是因為他以為有同伴來了？臉變得這麼紅也只是因為興奮？

…………是個呆子啊。這孩子是個無藥可救的呆子啊。

野田大和的真實身分——是病情惡化到快要死掉的中二病男孩。

「不過如果還沒覺醒的話，這樣很危險呢。要是在毫無防備的時候被『組織』的人盯上，那就糟了……」

野田同學一邊咬著拇指指甲一邊皺眉深思。

不是，那個「組織」又是什麼？你講的東西我真的聽不懂啊。

「……好！」

最後野田同學猛然抬頭，把手放在我的雙肩上。

「從今天開始我就是妳的保鑣，以後我會盡量待在粉紅戰士的身邊的。」

「不需要！等等，高嶋同學，幫我制止他一下啊。」

面對我的求救，高嶋同學一邊滑手機一邊斷然回答「沒辦法」。

「現在正忙著跟小空良約會。」

「約會……你只是在玩遊戲而已吧？」

高嶋同學的手機傳出一群女生的可愛歌聲，應該是最近流行的偶像養成遊戲。

「現在是我和小空良培養愛情的重要時光啊。啊啊，小空良今天也好可愛……根本是天使。」

凝視著畫面上的美少女，整個人陶醉融化似的高嶋同學……竟然是個御宅族嗎！

真是浪費了那張美型的臉……

我渾身無力地看著他，高嶋同學也「嗯？」了一聲，歪著頭看來。然後露出狂妄的笑容，往上撥了撥頭髮。

「不管我再怎麼帥，迷上我也是沒用的。很遺憾，我對現實中的女人沒興趣。」

……哇啊～就各種意義上來說，真的很遺憾……

「總、總之我先走了！再不快點回去，午休吃飯時間就要結束了。」

「等一下，粉紅戰士！妳一個人太危險了，我們一起吃午餐吧。」

「我沒問題的，拜託你不要跟過來……！」

回到教室，菜菜子她們已經不見了。不知道是去其他地方吃午餐，還是已經吃好出去玩了。

沒辦法，我只好回到自己座位，打開便當。結果野田同學和高嶋同學就在我左右兩邊各自吃起他們的麵包和便當。……這樣看起來不就像是一起吃午餐了嗎！

「粉紅戰士喜歡吃什麼？」

「……煎餅。」

「好純樸喔。我喜歡的東西是燒肉和拉麵，黃戰士喜歡咖哩。」

「才不是！不要亂講，我喜歡的東西是炸雞塊！」

「黃戰士一定要配咖哩的吧。你就從今天開始喜歡咖哩吧。」

「不要強人所難啊你。」

半睜著眼睛表示抗議的高嶋同學，從自己的便當裡夾出煎蛋捲，嘴角忽然揚了起來。

「今天是千夏做的便當啊……真是的，煎蛋捲都焦了。」

千夏？看到我疑惑的模樣，野田同學解釋「是智樹的女朋友」。

「原來他有女朋友啊。」

竟然是女友親手做的便當。這個可惡的現充，還敢說自己對現實世界的女人沒興趣……

聽到我的自言自語，高嶋同學一臉意外地哼了一聲。

「當然有啊。都已經多到讓人傷腦筋的程度了。」

「有好幾個嗎?!」

哇啊，這個渣男……高嶋同學仍若無其事地對著退避三舍的我點點頭。

「因為大家各有各的魅力，根本不可能只喜歡一個吧？千夏、小櫻、小御子、真由、沙羅姬、彌生、星呂、淡路、小渚、七海、兔丸、春風、小茜、夕子、夏洛特、麗花……」

好像有奇怪的名字混在裡面……連外國人都有嗎？

「你總有一天會被砍死。」

我像是看到垃圾一般忿忿吐出這句話，這時野田同學搖著頭說「沒問題的」。

「因為所有人都是二次元角色。」

……嗚哇……這也一樣讓人退避三舍啊。

「不過正宮當然是小空良。小空良不但是日本傳統女性，料理手藝也是職業級的喔。」

雖然高嶋同學說得一臉驕傲，但他其實是把媽媽做的便當妄想成腦內女友做的開心吃下肚嗎……哇啊……

「吃完之後，我們一起練習必殺臺詞和動作吧！」

「我拒絕。」

「才不要。」

既然是跟自己講話，就不能無視對方。我先開口回應然後合掌表示我吃飽了的時候，午休時間也正好結束。

我搔頭嘆出一口氣，這時不知什麼時候已經回到教室的菜菜子對我喊了聲「瑞姬」。

「妳跟野田同學他們已經變成好朋友啦～真是太好了。」

看到她軟綿綿的微笑，我一句話也說不出來。

才不是什麼好朋友呢?!只是碰巧一起吃了午餐……我正打算這樣辯解的時候，滿臉笑容的野田同學插嘴進來。

「沒錯，粉紅戰士是我們重要的伙伴！」

野田同學的聲音異常響亮，傳遍整間教室。

同學們馬上開始竊竊私語，視線朝我身上集中。

「粉紅戰士……？」

「野田他們的伙伴……」

「剛剛他們也在一起吃便當。」

「啊，原來聖同學也是那一邊的人……」

同學們的低語傳進耳中，我覺得自己快要吐血身亡了。

呀啊啊——不要再說了！

「不是的！這是野田同學擅自——」

「好啦，同學們，打掃時間到了！快去自己負責的區域——」

班導在最糟糕的時候出現，我辯解的話語就這樣消失在他的大嗓門之下。

老師，請不要妨礙我啊……我用充滿恨意的眼神看了過去，結果老師似乎會錯意，點頭說著「對了，聖負責的地方」。

「中庭只有兩個人，妳就去那邊幫忙吧。野田、高嶋，帶她過去。」

「……?!」

我不只錯過解開誤會的機會，連打掃都跟野田同學他們分到同組，而且之後每節下課都被纏得死死的——等我回過神來，班上同學已經徹底把我看成野田同學的伙伴了。

救命啊——別把我跟腦洞開這麼大的人相提並論啦……！

我和那些完全和「平穩」搭不上邊的中二病患者們的日常，就從這一天揭開序幕——

「我無論如何都想贏下這場比賽！非贏不可！但是光靠我一個人的力量是不夠的，請各位把你們的力量借給我吧——！」

野田同學的聲音響起，幾個愛湊熱鬧的男生也隨後「喔——！」地大喊。

轉學過來已經過了一星期。今天，私立皆神高中正在舉辦球技大賽。操場進行的是足球和籃球，體育館則是排球。

我選了排球，只是很不幸地在第一回合比賽就落敗，所以在外面幫同學們加油。運動全能的野田同學參加了籃球比賽。他完全沒把身高差距放在眼裡，憑著驚人的速度、爆發力和跳躍力，在球場上所向披靡。只不過——

「要上囉……消失的運球！」

「看到沒！無定點射籃！」

「還不夠，熱度還不夠……快讓我變得更火熱起來啊啊啊！」

要是沒有一直喊著必殺技名稱，或是大叫那些聽不懂的熱血臺詞的話，應該會很帥氣的說……

雖然野田同學偶爾會試著模仿某知名漫畫的大絕招，例如用拳頭毆打籃球結果誤傳到完全錯誤的方向，或是從遠方投三分球但距離實在太遠碰不到籃框等等，不過最後還是讓隊伍拿下了勝利。

「粉紅戰士！我們贏了！」

看著野田同學和高嶋同學興高采烈地走來，我只淡淡回了一句「恭喜」，馬上轉身背對他們。

為了極力避免接觸，還是趕快離開吧……正當我這麼想的時候，後方傳來高嶋同學不服氣的聲音。

「什麼嘛～我們是看妳一個人落單才過來找妳說話的耶。」

「是因為你們過來找我說話我才會落單的！」

慘了，不小心就回應了。

擅長運動的野田同學和無憂無慮的高嶋同學和班上男生其實處得相當不錯，但女生都把他們當成必須迴避的詭異人物。

因為他們三不五時就來找我聊天，最後連我都被當成同類，班上女生和我之間也因此多了一道微妙的隔閡。

例如和視線交會的時候，她們會馬上轉頭。

或是幫忙撿橡皮擦的時候，她們會僵硬地表示「謝、謝謝」然後搶走東西，完全沒有眼神接觸……

結果我到現在還是沒能加入任何一個小團體，一步一腳印地走上落單之路……不要啊啊啊啊啊！

如今只剩下個性稍微天然呆的菜菜子會一如往常地和我互動，但她今天因為感冒請假。

「話說野田同學，你的運動服呢？」

皆神高中是服裝自由的學校，但是有體育課專用的指定運動服。

然而野田同學身上穿的卻是短袖短褲的體操服，上面甚至還縫著「野田3－2」的號碼布。

「我忘記帶了，所以決定直接穿日常服上場。」

「把體操服當日常服穿也不太對勁吧……」

野田同學似乎相當中意這件國中時期的體操服，平常也會用這身打扮上學。

就算再怎麼不在意外表，也該有個限度吧……

「穿起來很好活動。」

野田同學鑾不在乎地回答。看他這身體操服，說是小學生搞不好都有人相信。要是現在給他一頂紅白帽，感覺他馬上就會把帽子立起來假扮成超人力霸王……嗯，這孩子肯定會這樣做。

「粉紅戰士，妳右眼的『力量』穩定下來了嗎？」

自從針眼痊癒之後就沒再戴眼罩了。野田看著我的右眼，這麼問道。

「沒什麼安定不安定，本來就沒有『力量』好嗎。」

「別隱瞞了。現在就算沒有眼罩，妳也可以控制『力量』了，對吧？」

還是一樣無法溝通啊。

我正覺得精疲力盡的時候，忽然感覺到一股奇妙的氛圍，於是看了看四周。

熱衷於運動的學生、努力聲援的學生、聚在一起聊天的學生……就是隨處可見的普通球技大賽。

除了隨風劇烈搖晃的綠意外，並沒有看見什麼異常的地方。

可是……

「怎麼了？粉紅戰士。」

「……總覺得今天一直覺得有股視線。」

可能只是我的錯覺……但就是有種被人盯著看的感覺。

「這麼說來，有傳言說今天學校裡出現了可疑人物。」

高嶋同學的話讓我緊張了一下。

可疑人物?!騙人的吧？感覺好可怕……

就在下一秒鐘，野田同學忽然瞪大眼睛，猛地衝了出去。

怎、怎麼了?!

「大和？」

高嶋同學追了上去，我也忍不住跟在他的後面。

野田同學正在遠方的草叢當中用力翻找，等我們追上之後，他皺著一張臉告訴我們「被他逃走了」。

「怎麼回事？」

「剛剛這邊有奇怪的光線一閃一閃的。」

奇怪的光線……？難不成是相機的閃光燈？真的有可疑人物潛入學校？

野田同學表情嚴肅地雙手抱胸。

「看來『組織』那邊的人終於注意到這裡了……那些傢伙總是混在人群裡，企圖做些什麼。」

又來了，又是『組織』……我很想吐槽，但是真的吐槽就輸了。

野田同學低聲說著「沒辦法……只能用那一招了」。只見他張開雙腿，沉腰蹲馬步，雙手比出和平手勢橫放在額頭前方，然後放聲大喊。

「去吧！我的探照光線！」

他響亮的聲音馬上吸引了周遭的目光，但野田同學始終維持著那個神祕動作。表情認真到不行。

最後他像是用盡力氣似地「唔……」了一聲，單膝跪地，痛苦地呻吟。

「竟然能把我感應半徑十公里內所有邪惡靈魂的『探照光線』無效化……看來對方不是省油的燈。」

——我不行了。拜託，誰來救救他！

「畢竟今天一大早就吹著讓人不舒服的風啊……黃戰士、粉紅戰士，千萬不要疏於警戒。」

「好好好，你加油吧。那我先走了。」

實在沒辦法繼續跟他們瞎鬧了。就在我打算迅速離開，邁出第一步的時候。

一陣特別強烈的風猛然吹來，立在旁邊的籃框架晃了一下，開始傾斜。

咦……？

巨大的影子，朝著愣在原地的我壓下來——

「危險！」

不知是誰撲倒了我，讓我重重坐倒在一旁。隨後傳來一聲巨響，伴隨著漫天的沙塵。

「……！」

巨大的籃框架，就倒在屏住呼吸的我和野田同學旁邊。

要是被壓在底下的話……

「……妳沒事吧？」

野田同學的臉色雖然蒼白，但還是先站起身來，對我伸出了手。我只能茫然地點頭。

「……謝、謝……」

就在我抬起頭來抓住他的手時，一個身穿運動服、站在操場對面一直看向這裡的紅髮男生忽然映入我的眼簾。

那個男學生注意到我的目光，單邊嘴角立刻揚了起來，戲劇性地聳了聳肩之後轉身離去。

……那傢伙在搞什麼……

「大和！聖！」

「籃、籃框倒下來了！」

「沒事吧?!」

高嶋同學率先跑了過來，附近的學生和老師也紛紛聚集，周圍騷動了起來。

目前看來是籃球架的水箱底座劣化，裝在裡面的沙子漏出，導致原本的重物底座機能下降。

最後被強風一吹——轟然倒下。

好可怕，真的超可怕。要是走錯一步，就會變成無法挽回的大事故。

我到現在還覺得害怕。身旁的野田同學也露出僵硬的表情，雙手緊握。

「……和『那些傢伙』的戰爭終於要開始了嗎……」

……真的不受影響耶，這孩子。

「1C加油！」

「野田——快投籃！」

球技大賽來到最終高潮。

在野田同學的活躍之下，我們1C的籃球隊伍竟然進了決賽。

這股攻勢就一年級來說似乎相當罕見，所以不只是對手的三年級學長姐，許多別的班級的學生也到場觀戰。

「那個運動神經真不是蓋的，要是能來我們田徑社……」

「不可能不可能。不管哪個運動社團邀請，他都說放學之後很忙，直接拒絕掉了。」

聽到幾個像是學長的男學生們交頭接耳，讓我想起菜菜子也有說過同樣的話。

真是太浪費了啊，野田同學。如果認真朝運動發展，一定能留下相當優秀的紀錄。

——不過話說回來，三年級隊伍裡的現役籃球隊員有三人之多，才剛開賽就被連續得分。

果然不行嗎……正當場上飄盪著這樣的氣氛時。

「不要放棄──！」

野田同學的吶喊響徹整個球場。

「要是放棄的話，比賽就等於是結束了。回想起來吧！那段刻苦練習的時光，還有一直支撐我們到現在的人們……！」

……不不，刻苦練習什麼的，其實只有在體育課上練習過幾次而已吧。

「就算手腳都折斷，倒在地上全身染血……我們都要打倒那些傢伙！為了人類的未來！現在就是賭上性命的時候！」

這只是籃球比賽，對吧……？

「我們……一定會贏！！」

伴隨著氣勢十足的大吼，野田同學以迅雷不及掩耳的動作從愣住的三年級學長手中抄球。

其他選手這時才回過神來，但野田同學用他輕快的步伐和巧妙的假動作交織出電光石火般的過人技巧，接連突破對手的攔阻，成功三步上籃得分。

喔喔喔喔！現場響起驚人的歡呼聲。

隨後1C開始趁勝追擊，連續搶下好幾分，最後終於追到和對手僅有一分差距。

喔——好厲害。搞不好拿下冠軍也不是問題？

「1C！1C！」

「野田！野田！」

啦啦隊的聲援來到最高潮，野田同學一邊運球過人，一邊尋找進攻機會。

不過對手畢竟還是提高了警戒，他被三人聯手緊盯，應該很難自己主動進攻。不僅如此，連傳球看起來都很困難……

「……就是那裡！」

在所有屏息守候的觀眾面前，原本一直在觀望周遭情勢的野田同學忽然放聲大喊，把球用力丟了出去。

果然是傳球——?!這個念頭才剛閃過腦海，我就看到籃球筆直飛進了場外草叢，同時還傳來一聲「好痛！」的低沉慘叫。

當全場觀眾通通愣住的時候，一個黑影從草叢裡跳了出來，迅速逃走。

身上雖然穿著學校指定的運動服，但那人手裡拿著相機，臉用口罩遮掩，是個成年男子。

「惡徒，別想逃！」

野田同學衝出籃球場，追著口罩男而去……

——難道那就是傳聞中的可疑人物?!

野田同學全神貫注地直線追趕那個在操場邊緣快速奔逃的人影。

「野田?!」

「喂！你在幹嘛……！」

完全無視老師們的制止，野田同學直接闖進隔壁正在比賽的足球場中，從一個眼睛瞪得斗大的選手腳下抄球，卯足全力踢了出去。

夾帶凌厲風勢的足球直接命中口罩男的屁股。

口罩男被打飛出去，暈倒在地……這種像是《名偵探柯南》的狀況並沒有出現，對方雖然被嚇了一跳停下腳步，但是沒有受到什麼傷害，再次跑了起來。

也是，這樣才對嘛。

野田同學也毫不鬆懈地繼續追趕，以最短距離朝著口罩男直衝而去。

撐著行進方向上的老師背後縱身一躍，弄倒所有放在旁邊的三角錐。

踢翻操場畫線車，石灰粉在整個操場上飛舞……

「聖，這邊。」

我張口結舌地看著眼前的光景，被高嶋同學拍了肩膀之後才回過神來。

我馬上了解他的意圖，跟在快步奔跑的高嶋同學身後而去。

明明不想和他們扯上關係，但這次跟著過去是有原因的。

……雖然我不願意這樣想……

口罩男朝著校門的相反方向逃走。也就是說，他八成打算繞到校舍後方，從後門離開……

基於這個猜測，我們從校舍另一頭繞到後面跑了一陣子之後，果然跟另一頭跑來的人影撞個正著。

那個倒吸一口氣，停下腳步的面罩男……不對，那個人——

「到此為止了！惡徒！」

野田同學的身影出現在走投無路的口罩男身後，他用食指用力向前一指，高聲喊了起來。

「一，比其他人更有力。二，永不屈服的鬥志。三，為了大家的笑容……」

說到這裡，野田同學張開雙腿，雙手從上往下劃一個大圓。

降到腰側附近之後，握成拳頭的右手靠在腹部上，左手像是要抓住東西而大大張開，往前伸去，俐落地擺出耍帥姿勢。

「我，在此！」

如果這是特攝影片，現在背景應該會出現神祕的大爆炸吧。

不過話說回來，這動作也未免太流暢了……一想到他可能在私底下做了不少練習，怎麼說呢，好像莫名有點感動。

「看我把你打飛到宇宙的盡頭！」

這應該也是固定臺詞之一吧？野田同學先擺出一個勇猛的戰鬥動作，隨後朝著口罩男飛撲過去——

「住手！」

聽見我響亮的大喊，他應聲停下動作，驚訝地望了過來。

「粉紅戰士……？」

「怎麼回事？聖。」

在眉頭緊鎖、一臉訝異的野田同學和高嶋同學的注視之下，我緩緩走近口罩男，難以置信地對他開口。

「你到底想幹嘛？——爸爸。」

「……咦……？」

「聖的……爸爸……？」

男子像是總算認命似的，在愣住的兩人面前脫下口罩。是的，那男子的真實身分是我的父親，不會有錯。

剛剛聽到聲音時還有點懷疑，後來距離一近就確定無誤了……只是親眼目睹真相，還是讓我一陣頭暈眼花。拜託饒了我吧……

「抱歉，瑞姬……」

爸爸無力地垂下肩膀。身上那套運動服，遠看會以為是學校指定服裝，但仔細看只是非常相像的其他商品。看來他還特地準備了相似的運動服。

「再怎麼喜歡高中女生，潛進女兒學校也太猛了……」

「不是的！！」

爸爸一聽到高嶋同學莫名佩服似的低聲讚嘆，馬上用盡全力否認。

「我的目的只有瑞姬！無論如何都想親眼看到女兒活躍的模樣，然後再用相機把最美好的那一刻保留下來……！」

「「………喔。」」

「真的很不好意思，我父親就是這種人。」

聽到那兩人漫不經心的回應，我只能按住昏昏沉沉的腦袋努力解釋。

「因為他是重度溺愛小孩的父母……明明已經警告過很多次今天的球技大賽是校內活動，不可以過來的說。」

「可是下個月我又要回法國了啊?!下次不知道什麼時候才會再遇上這種機會……！」

爸爸幾乎是哭著抓住我的衣服……老實說超煩人的。

「法國？」

「因為工作關係出差去法國待了兩年，直到前陣子才回來。好像馬上又要回去了。」

我對他們簡單說明後，爸爸馬上補充「明明瑞姬只要跟我一起出差就不會發生這種事情了」還露出怨恨的眼神瞪著我。

別把責任推到我身上啊。

「我比較喜歡日本。」

「跟可愛的瑞姬相隔兩地，妳知道爸爸有多想念妳嗎！一想到可愛女兒每天都在成長茁壯，爸爸就必須壓抑想要親眼看見、想要緊緊抱住妳的強烈衝動，一直忍耐到現在耶！收下這麼一點小獎勵也不為過吧?!」

「規定就是規定。而且這樣超噁的。」

我冷漠地回應，爸爸立刻「呃啊」一聲，像是身受重傷般抓住胸口，無力地靠在校舍牆壁上。老實說這種戲劇性的動作真的讓人超火大。

「總而言之，你也要考慮一下女兒的顏面。」

「啊唔……」

「真是不敢相信。」

「瑞姬……」

看著爸爸眼中含淚，對我每一句發言都扭著身子做出反應，我忍不住嘆了口氣。這時爸爸忽然換上一副認真的表情，凝視著我。

「不過……真是太好了。瑞姬有些地方實在很笨拙，本來很擔心是不是到現在都還沒有朋友……」

說完，他看向野田同學和高嶋同學，露出微笑。

「…………」

我一時之間不知道該怎麼回應，結果野田同學搶先一步，用力點頭回答「是的！」

「粉紅……聖是我們的同伴。」

「沒錯沒錯，所以不必再擔心了。」

高嶋同學也同聲附和。

「謝謝，瑞姬就麻煩你們照顧了。」

爸爸和那兩人用力握了握手。

……那個，爸爸，我之所以到現在還交不到朋友，其實是這兩個人害的耶……說明起來感覺會變得更麻煩，還是先別說了吧……

我滿心複雜地看著眼前這一幕。這時遠方忽然傳來老師們喊著「野田?!」「跑哪去了？」的聲音，還有大量腳步聲持續逼近。慘了。

要是被大家發現爸爸偷偷闖進學校，我明天就再也沒臉上學了……！

我的臉色瞬間刷白，而野田同學開口喊了聲「大叔」叫住我爸。

「這裡就交給我，你先走！」

野田同學，那是「死亡FLAG」——說出這句臺詞的動畫電影角色，後來大多都會死掉啊……

「野田！都是因為你，決賽被搞得亂七八糟的！」

一臉怒容的體育老師衝過來大罵，野田同學立刻老老實實地回答「對不起」低頭道歉。

「可是那是因為組織的刺客潛入學校。雖然不小心讓他逃了……」

「組織?!你又在講這些有的沒的……有聽說你在追一個戴口罩的人，肯定是你們在玩捉迷藏之類的遊戲吧！給我搞清楚時間場合啊！」

……如果說的是「可疑人物」而不是「組織刺客」的話，老師說不定就會認真聽他說話了……

其實我真的很想開口糾正，可是一旦開始正式調查，爸爸的身影就會出現在監視器上，那樣也很傷腦筋。

結果，我就這樣一語不發地站在被人劈頭痛罵的野田同學旁邊。

結束漫長的說教，體育老師放話要罰野田同學放學後掃廁所一個星期，隨後離去。

跑來湊熱鬧的學生們也紛紛笑著表示又是野田的妄想啊~然後三三兩兩地散去。校舍後方只剩下我們三人。

「……對不起啊。」

我滿懷歉意地低頭道歉，但野田同學一臉無所謂的樣子搖頭回答「別在意」。

「要是家人被抓到，妳的立場也會變得很困難……能夠守住祕密真是太好了。」

他用溫柔的聲音無比自然地說出這番話，讓我的心不自覺地揪了起來。

不不不，對方可是野田同學。快冷靜下來啊我。

「反正大和已經習慣挨罵了。」

高嶋同學露出一臉邪惡的笑容。

「智樹也要來幫忙掃廁所喔。」

「呃！」

「我也會幫忙的。」

我忍不住開口插嘴。只見他們兩人眨了眨眼睛，隨後咧嘴笑著表示「「那當然」」。

「我們可是同伴啊。」

野田同學心花怒放似地立起了大拇指。

「才不……」這句本來應該要說出口的否認，今天就先吞回去吧。只有今天。

關於籃球決賽，因為1C中途少了一個人所以輸掉了。各位同學，我真的真的覺得很抱歉……

我在內心下跪道歉，但幸好同學們都是半放棄半訕笑地表示「既然是野田那就沒辦法了」。

另一個不被責怪的原因，多半是因為能進決賽本來就有很大一部分的功勞在野田同學身上的關係。

可是最後還是被我爸搞砸了，真的對不起……

「真──的丟臉死了。給大家帶來這麼多麻煩……爸爸實在太差勁了！」

放學後，我一邊打掃廁所一邊罵個不停，這時野田同學喊了聲「粉紅戰士」加以制止。

「不可以把父母說得這麼難聽。畢竟有些時候『子欲養而親不待』啊。」

一句出乎意料的話，伴隨著那道率直無比的目光直擊而來，讓我不由得屏住呼吸。

「嗯、嗯……」

雖然困惑，但我仍然點了點頭。野田同學露齒一笑，看著周圍說「差不多就掃到這裡吧～」。

怎麼回事……剛剛那股奇妙的說服力。

我歪著頭沉思。身旁的野田君看了看手表，焦急地皺起眉頭。

「已經這麼晚了……那我先走囉。黃戰士，粉紅戰士，明天見！」

丟下這句話，野田同學迅速收好打掃工具，匆匆忙忙地離開了。

——「不管哪個運動社團邀請，他都說放學之後很忙直接拒絕掉了。」

腦中忽然浮現出這句話。

野田同學放學之後忙成這樣的理由是什麼……？

——「有些時候『子欲養而親不待』啊。」

……難不成野田同學的父母已經因故身亡，他必須打工賺取自己的生活費之類的?!

「欸，野田同學下課之後是有什麼事要做嗎？」

我橫下心來，開口詢問正在慢吞吞地準備回家的高嶋同學。他有點欲言又止地「啊～」了一聲，繃起了臉。

「……要去看看嗎？」

高嶋同學帶我前往的地點是距離學校徒步路程約三十分鐘的遼闊河邊地。

橘紅的夕陽，將周遭染成一整片暮色。

「在那裡。」

高嶋同學的指尖前方，有個身材嬌小的少年正努力做著深蹲。然後是仰臥起坐、背肌鍛鍊、伏地挺身……一連串的肌肉鍛鍊結束後，接著又開始做起揮拳、側踢等拳擊運動。

「……野田同學是在做什麼……？」

「為了隨時可能出現的地球危機，所以他每天都在鍛鍊。」

「…………啥？」

高嶋同學的表情是認真的。

「該不會就是為了這件事，所以拒絕了運動社團的邀請……？」

「嗯。因為他說『我身負更重大的使命』……不論颳風下雨，他每天都會嚴格要求自己安排好的訓練內容全部做完。」

……這該怎麼說好呢……

「野田同學的家人都還好嗎？」

為了以防萬一，我先確認了一下，結果高嶋同學瞪大眼睛「啊？」了一聲，臉上寫滿驚訝。

「叔叔和阿姨都很健康……幹嘛突然問這個？」

「抱歉，沒什麼。」

不行不行，看來我也在不知不覺當中染上了這些人的妄想症。

野田同學露出認真無比的表情，和看不見的敵人進行著模擬戰鬥……

「如果只是為了鍛鍊身體，運動社團應該也能做吧？像是空手道或拳擊之類的。」

我渾身無力地低聲說著。高嶋同學聽見之後搖了搖頭。

「這項訓練的主要內容……是那個。」

拳擊運動似乎已經告一段落，野田同學現在正面對著河川，一個深呼吸之後將右腳往後，大大地分開雙腿，沉腰蹲好馬步。

手腕互疊，手掌分開，從身體前方移動到腰部右側。

只見他慢慢將雙手向後移動，然後大喊一聲「波——！」，雙手一口氣朝著前方用力推出。

難……難不成那個是……某部超人氣漫畫的傳說必殺技……

——龜派氣功波?!

野田同學一邊大口喘氣，一邊擦去額頭上的汗水，反反覆覆地朝著河川發出龜派氣功。

我在遠方眺望著他極盡認真的身影，從口中吐出一句包含了我所有感想的話語。

「…………太殘念了……！」

是要持續到什麼時候啊
波ーッ

第二章 柳橙調酒配炸雞塊淋上檸檬的話

我轉學過來已經過了一個月，時序進入梅雨季。

「今天也下雨啊……」

下課時間，野田同學靠在教室窗框上，無精打采地說著。

「好無聊——」

對於活動量大的野田同學來說，這個季節似乎會累積不少壓力。

「我這個六月倒是快忙死了。有在追的漫畫和輕小說連續出了好幾本，『AI Live！』的APP和『罐隊收集』的新活動也要開始，還要消化一大堆錄好的動畫……這麼說來『AI Live！』的超商限定鑰匙圈好像是明天發售。特典版只有前二十人才有，簡直是戰爭啊……」

高嶋同學難掩興奮地說個不停。儘管外表明明帥到當偶像也應該沒問題，但還是能看出他是個重度御宅族。

「昨天晚上真的嚇我一大跳。我不經意地朝窗外看去，赫然發現彌生一直在外面仰望著我的房間，連傘也沒撐。我連忙把她帶進家裡，彌生虛弱地笑著說了一句話。

『我實在……太想見智樹一面。』

被雨淋溼的彌生全身冰涼。我一邊讓自己別看她濕透而緊貼在身上的罩衫，一邊對她說了。

『總之妳先去沖個澡吧。』

她從浴室走出來，熱氣讓她的肌膚帶著淡淡粉紅色，身上只披了一件屬於我的寬鬆襯衫……」

「——你給我差不多一點。」

我終於聽不下去，出聲抗議。

啊啊，真是的。本來打算一直無視下去，不想扯上關係的說……！

「什麼嘛，接下來才是重頭戲耶。」

「我說啊。」我轉身面對嘟著嘴巴的高嶋同學。

「要妄想腦內女友是你的自由，可是不要講出來好嗎？實在病得不輕耶。」

被我冷酷地這麼一說，高嶋同學只「妳……」了一聲就說不下去。

「喂喂喂，只有二次元的傲嬌才會讓人覺得可愛喔。」

「誰傲嬌了！我對逃避現實的御宅族可是半點興趣都沒有。」

「先說好，我並不是逃避到二次元，而是二次元的女生更優秀才選擇二次元的！！」

這樣堅定地公開宣言……反而讓人不知道做何反應。

「妳想想，首先整體外形上二次元就比較美，既不會老，身材也不會出現極端的變化，而且每個人都有不同的特技和魅力，最重要的是她們擁有清純的內心。勇敢面對各種困難，每天都真摯地、努力地生存著。絕不會出現背地裡偷偷和男人交往或是試圖隱藏醜陋的內心。二次元不會撒謊，也不會背叛！」

高嶋同學大概是越說越起勁，音量漸漸大了起來，響徹整間教室。

「二次元女生才是至高無上的存在！三次元的女人根本只是二次元的劣化版！」

整間教室變得鴉雀無聲，班上同學的視線全部集中在高嶋同學身上，他本人則是一副「我終於說出來了！」的滿足模樣。

我打了一個小小的噴嚏，開始發抖。

「……好冷……」

高嶋同學馬上皺起了臉。

「怎樣？有意見的話就說啊？」

「不是不是。」

高嶋同學的言行確實讓人背脊發涼沒錯，但我沒興趣特地跟他進行這種無意義的對談。

「剛剛那是真的打噴嚏。今天早上好像有點小感冒。」

我這樣說明之後，高嶋同學稍微睜大眼睛，體貼地回答「是嗎，那妳要保重」。

才剛說完，他馬上露出恍惚的眼神開始自言自語。

「感冒啊……我和小司之所以能合而為一，就是當我感冒臥病在床，她特地過來探病的時候呢……」

「…………」

「放棄吧，粉紅戰士。黃戰士就是這樣的人。」

野田同學拍了拍我的肩膀。嗯……真的是個讓人萬分遺憾的帥哥呢……

注意到我們難以言喻的眼神，高嶋同學像是為了重新掌握狀況一樣咳了一聲。

「有件事我要先澄清，只要我拿出真本事，就算是現實世界的女生一樣手到擒來，因為女人心完全都在我的掌握之下啦！」

高嶋同學用分開的拇指和食指卡住下巴，自信滿滿地發出宣言。

「嗯──哼……那你知道我現在在想什麼嗎？」

我有點傻眼地反問，結果野田同學舉手表示「我知道」。

「講什麼鬼話，這個大色胚。」

「……正確答案！」

「你們啊……」

放學後。

平常野田同學總是會一邊扯東扯西一邊跟我一起走到鞋櫃附近，但今天似乎有他喜歡的英雄節目重播，所以他急急忙忙地先走了。

至於高嶋同學平常都跟野田同學黏在一起，所以基本上野田同學不在的時候，他也不會來糾纏我。

啊啊……果然和平才是最棒的啊……

當我心平氣和地收拾東西準備回家時，有個可愛的聲音叫住了我。

「瑞姬。」

抬頭一看，一頭蓬鬆長髮的女生正對著我微笑。是菜菜子！

「怎麼了？」

「那個，明天我和其他班級的女生約好出去玩。我在想如果瑞姬不介意的話，要不要一起去？」

明天是星期六。竟然是假日的邀約嗎?!

「啊……我一起去沒關係嗎？」我戰戰兢兢地詢問。

菜菜子滿臉笑容地點頭。

「人多比較好玩嘛，所以她們說可以找自己想找的人一起去。」

「原來是這樣……好開心，我想去。」

我抱著難以置信的心情回答，菜菜子一聽馬上開心地喊著「太好了」。

「那明天兩點在池袋的『池袋貓頭鷹』前面集合哦。」

「嗯……！」

到了隔天。

「……哈啾！哈啾！」

我連續打了兩個噴嚏，趕緊用面紙蓋住鼻子。

太糟糕了……感冒好像惡化了。

可是，這是我轉學以來第一個邀請。

若是想交到正常朋友，再也沒有比這更好的機會了！怎麼可以放過！我硬拖自己有點站立不穩的身體，來到池袋車站。

反正只是低燒，而且也吃過感冒藥了，應該不會有問題的。雖然不知道她們要去哪裡……如果是運動中心之類需要活動身體的地方，那就萬事休矣……

收到邀請這件事讓我開心過頭，結果忘了詢問詳細內容。

總之我選擇了容易活動的褲裝搭配運動鞋。

預算方面，我也把過年紅包帶過來了，只要不是太奢華的行程都不會有問題。應該。

我不知道「池袋貓頭鷹」是什麼，便在網路上搜尋了一下，得知那是在池袋車站東側出口附近的貓頭鷹雕像。

題外話，池袋車站本身就已經大到讓人容易迷路了，然後西武百貨在東側出口，東武百貨則是在西側出口。總覺得是個充滿惡意的陷阱。

雖然已經在網路上查過路怎麼走，但還是稍微迷了一點路，到達集合地點的時候剛好趕上集合時間。

「瑞姬——」

貓頭鷹雕像附近擠滿了人潮，但菜菜子不斷揮著手，所以我馬上找到了她。

「早。不好意思，讓妳們久等。」

「沒關係沒關係。」

菜菜子爽朗地笑著。她身上穿著自然系女孩風格的洋裝，果然今天她也好可愛。

「各位，她是瑞姬——」

菜菜子回頭招呼。她前方有四個我第一次見到的女生。

「我是聖瑞姬，請多指教。」

我有點緊張地鞠躬致意，她們馬上開朗地笑著回應「早啊——」、「請多指教」。好感動。可能是因為不同班，所以沒有奇怪的偏見，很普通地和我來往。

「初次見面，我是玲奈～等大家到齊之後再重做一次自我介紹吧。」

喔喔，人數還會增加嗎？

「其他人都在活動地點直接集合，我們出發吧——」

把亮色系頭髮綁成雙馬尾的玲奈帶頭走了出去，其他人也一邊聊天一邊開始移動。

「今天要去哪裡啊？」

「啊，我沒說嗎？抱歉抱歉，是去卡拉ＯＫ哦。」

「原來如此。」

我口頭上附和著菜菜子，心中卻宛如晴天霹靂。

竟然是……卡拉ＯＫ……?!

不是我自誇，我可是相當驚人的音痴。以前有一次，我正開開心心地哼著歌，結果母親滿臉訝異地皺著眉問我「妳在念經嗎？」。這件事我永遠都不會忘記。

可能的話，我想盡量避免在人前展露歌喉。

……算了，既然人數這麼多，我乖乖當個聽眾應該就行了……

「各位，杯子都拿好了嗎？那麼，乾杯——」

配合男生元氣十足的聲音，包廂裡響起了杯子碰撞聲和「乾杯——」的吆喝聲。

這間相當寬廣的派對包廂裡，聚集了十三個皆神高中的男女生。

「原來也有男生啊……」

菜菜子似乎也不知道這件事，眼睛一眨一眨的。

……慘了，好想回家……

表面上雖然還保持著微笑，但我心中的情緒已經盪到谷底。

面對一群初次見面的人就已經很傷腦筋了，裡面還有男生，又是卡拉OK……加上我的座位剛好就在冷氣出風口正前方，被冷氣風吹個正著，實在很冷。

這是什麼懲罰遊戲嗎……

我張望了一下四周，看到高嶋同學坐在稍微有點距離的斜對面座位上，感覺似乎有點不自在。

在後來會合的男生們當中看到他時，我確實嚇了一大跳。看來他也是被朋友拉過來的吧。

有趣的是，女生們放在高嶋同學身上的視線明顯比平常更友善。

看來大家還不知道他的本性……畢竟光看外表的話，確實無可挑剔嘛。

「聖，聽說妳和高嶋感情很好？」

一個聽起來不是很舒服的聲音從左邊叫住了我。我抖了一下，身體緊繃起來。

「沒那回事。」

轉頭看去，眼前坐著一個滿頭鮮豔紅髮的男生。

他是——前陣子在球季大賽上，籃球框架倒下來的時候，就是他在遠方一直看我。

那時他穿的是運動服，今天的便服則是黑白豹紋的連帽外套（掛著神祕的尾巴）、螢光紫色的長褲，還有極刺眼的粉紅色運動鞋……這服裝品味實在太有個性了。

除了這身古怪至極的打扮，他給人的感覺也莫名不太自在，所以我本來打算盡量不要和他四目相交……

「為什麼你知道我的名字？」

我忍不住開口追問，但紅髮男生只聳了聳肩回答。

「這個嘛，為什麼呢？我是九十九零，往後也請多多指教。」

他露出一副看不起人的笑容，做出自我介紹。

老實說我一點都不想接近這種類型的人啊……

我微微點頭回應「請多指教」，馬上轉回右邊菜菜子的方向。

一看到菜菜子的眼睛，我的臉馬上自然而然地綻放出笑容。啊啊，好治癒啊～

「瑞姬都聽什麼樣的音樂？我最近迷上了VOCALOID哦。」

「啊，那個不錯耶，我也很喜歡。像是れるりり（Rerulili）之類的……」

聽到我的回答，菜菜子喊著「哇，原來瑞姬也有聽VOCALOID！」整張臉都亮了起來。

「妳喜歡れるりり的哪首曲子？」

「我喜歡女孩系列，還有『聖槍爆裂男孩』……另外『Mr. Music』我也很喜歡。」

「我們的喜好完全一樣耶！太棒了。那我就來點『腦漿炸裂女孩』吧。」

「咦，菜菜子會唱那首歌嗎？好厲害喔！那很難吧？」

「很難沒錯，不過我努力練習過了！要是可以唱完整首沒有吃螺絲，感覺超有成就感的～」

喔喔……個性穩重的菜菜子全神貫注地唱著高速饒舌歌，真是美好的落差。

「好想聽聽看。唱吧唱吧。」

點歌遙控器一遞過去，菜菜子立刻以熟練的動作輸入歌曲號碼。

「好了，瑞姬也點一首吧。」

「啊，我就……」

她滿臉笑容地把遙控器推回來。怎麼辦……就在我游移著目光的時候。

「哎呀——高嶋，你根本完全沒喝嘛。」

一個貌似主辦人的男生，朝著正把檸檬汁淋在炸雞塊上的高嶋同學搭話。

「啊啊，最近肝臟的狀況有點……話說這又不是酒！」

高嶋同學也跟著演了起來，引來其他人一陣大笑。

主辦人男生像是唱歌似地接著說。

「我想要～看看高嶋厲害的地方——來！」

「「喝下去喝下去喝下去～喝下去——」」

在眾人的簇擁下，高嶋同學站了起來，咕嘟咕嘟地把杯子裡的現榨柳橙汁（不是生啤酒）一口氣乾了。

周圍「哇——」地響起鼓掌與喝采……大家好配合啊。

「——真是一場鬧劇。」

聽到這句低語，我朝左邊看去，發現九十九同學用手撐著臉頰，露出嘲笑的表情。

糟了，一不小心就回頭了，而且還對上了眼。

「……九十九同學要點歌嗎？」

我假裝什麼都沒聽到，把遙控器遞過去，但九十九同學緩緩搖了搖頭。

「我只聽西洋音樂。」

嗯——原來如此。九十九同學大概也是被朋友拉來的吧。

總之我假裝若無其事地把遙控器傳給下一個人。

「好高興哦～其實我一直都很想跟高嶋同學說話。」

我朝著一個稍微高亢、聽起來像是在撒嬌的聲音方向看去，正好看到高嶋同學旁邊的辮子頭女生找他說話。

結果高嶋同學忽然整個人挺了起來，眼神開始飄忽不定，一副坐立難安的樣子。

「我是木下亞里沙，請多指教哦。」

「喔喔喔喔喔、喔……」

怎麼突然變得像海狗一樣?!這是怎麼了啊，高嶋同學?!

坐在對面的馬尾女生也朝他親暱地笑了一笑。

「高嶋同學喜歡什麼類型的歌？好想聽高嶋同學唱歌喔。」

「我我我我蛤、蛤沒，等、等一恰，再點！」

吃螺絲吃過頭了吧！

「最近一直都在下雨，今天能放晴真是太好了呢。」

「對啊——」

「不過唱卡拉OK跟天氣沒什麼關係就是。」

「對啊——」

「高嶋同學很會打扮對吧？衣服都在哪裡買的？」

「對啊——」

是有多不會聊天啊！

看這個反應，實在無法想像他跟剛才那個和男生打鬧搞笑的竟然是同一個人。

女生們紛紛露出驚訝的表情，而高嶋同學說了聲「抱歉，我去個廁所……」

就按著肚子離開包廂。

這行動未免太可疑了吧！怎麼回事？

難道高嶋同學其實對真正的女生超級沒轍？

「——唷，聖。沒想到妳也來了，嚇我一跳。」

高嶋同學過了一陣子才回來，只見他一邊說話一邊佯裝無事地擠在我和九十九同學之間坐下。

難不成是來避難的？不過這樣一來我就可以離九十九同學遠一點，而且被他這麼一擠，正好可以稍微避開冷氣正前方，個人覺得滿慶幸的。

不出所料，高嶋同學也縮起身子喊著「哇，這個位子好冷」。

歡迎來到局部凍原地帶。

「我也很驚訝。你不是去買超商限定鑰匙圈了嗎？」

「那個當然已經入手啦。正想順便跟角色打情罵俏的時候被鈴木他們逮到，就被帶到這裡來了……不過有我在的話，女生的參加率肯定會上升。」

「你是臨時加入的，根本沒影響吧。」

高嶋同學像平常一樣說著傻話。我本來只打算冷淡回應，但是心裡忽然冒出一股想要惡作劇的念頭。

「……你不是很懂女人心嗎？」

我朝他瞥了一眼這樣取笑他，高嶋同學的表情微微一僵，隨後挺著胸膛回答「那、那當然」。看來他打算繼續虛張聲勢。

「啊，是這樣嗎～看起來好像不是那麼一回事啊。」

「——舉個例子，那邊那個明亮髮色的雙馬尾女生。」

高嶋同學的觀察對象是鈴奈，她正配合朋友的歌聲拍手打拍子。

「我猜她是個性強勢的老么，平常總是愛逞強。」

就在高嶋同學用銳利的眼神說出推理內容後。

「大錯特錯。」

九十九同學噗哈一聲笑了出來。

「她對任何人都很友善，是喜歡照顧別人的類型。印象中應該是長女。」

「咦——？」

高嶋同學疑惑地歪過了頭。

……二次元說不定有「雙馬尾一定是傲嬌系妹妹」的固定概念……

「那……換成那個右眼有哭痣的馬尾女生。她喜歡的食物是巧克力。」

「喔，為什麼？」

九十九同學相當愉快似地反問。

「因為她長得跟『AI Live！』裡喜歡巧克力的小雪一模一樣！」

高嶋同學自信滿滿地回答了。

…………看來是沒救了。

雖然我被這個回答搞得全身無力，但九十九同學卻低聲說著「原來如此……」相當敬佩似地點著頭。

「真不愧是美男子……那麼請務必實踐一下，讓我拜見你的高招。」

九十九同學朝他的肩膀一拍，高嶋同學頓時嚇得瞪大眼睛。

「哎呀？怎麼啦，高嶋。」

九十九同學挑釁似地把頭倒向一邊。

「……沒辦法。就讓你見識一下我華麗的技巧吧！」

高嶋同學露出狂妄的笑容，起身走到入口附近，拿起話筒和櫃臺說了些什麼之後又回到我們中間坐下。

「你做了什麼？」

「哎呀，別著急。」

高嶋同學一副游刃有餘的樣子。

不久，店員端了一杯飲料進來，高嶋同學舉手表示「是我的」。

高嶋同學伸手扶住放在桌上的哈密瓜蘇打，朝著剛剛那個辮子頭女生喊了起來。

「亞里沙！」

突然直呼名字?!

他用一種令人不快的語調對著訝異回頭的亞里沙開口：

「這是我的心意——接下吧！」

說完就把杯子推出去，在桌上滑行——

喔喔，好像那種很厲害的酒吧！才剛這樣想沒多久，杯子馬上撞到桌上的手機，整杯打翻。裡面的飲料全部撒在桌上的物品還有旁邊女生的衣服上，大量慘叫聲響起。

「騙人，我的手機！」

「我的包包！」

「衣服都濕了……！」

「你在幹嘛啊，高嶋！！」

「抱、抱歉……」

在眾人責難的眼光之下，高嶋同學整個人縮成一團。果然是個笨蛋。

「——還沒結束呢！」

高嶋同學猛然抬頭，起身朝著站在入口附近的亞里沙大步走去。

然後他忽然抓住女生的手腕，把她壓制在牆壁上，另一隻空下來的手則是咚！地一聲按在亞里沙的臉旁邊。

這個毫無來由的壁咚是怎樣——?!

「我很中意妳，亞里沙……今天晚上要不要試著染上我的色彩呢？」

「…………」

亞里沙整個人僵住了。

「在妳回答之前，我不會放手的。」

高嶋同學用強勢的笑容搭配低沉的耳語——可是一看到亞里沙眼中浮現出淚水，臉色立刻變得慘白。

「咦？咦咦咦？……不是，抱歉，我不是這個意思……」

他連忙退後，整個人驚慌失措起來。而他面前的亞里沙則用手帕按住自己的臉，認真進入哭泣模式。

「高嶋，你真是個爛人！」

「為什麼把亞里沙弄哭了？」

「有夠噁心！」

女生們把亞里沙圍在中間，異口同聲地大罵高嶋同學的惡行。看著高嶋同學

「對對對對對不、對不起，真的對不起！」不斷道歉……實在有夠難看……

完全變成女性公敵的高嶋同學最後垂頭喪氣地走了回來……話說不要過來啊！拜託！

「可惡，女生不是都喜歡壁咚和總裁型的角色嗎……！」

高嶋同學懊惱不已。

不，那種事只會發生在少女漫畫和偶像劇裡喔～

被一個幾乎算是初次見面的人做出那種事，只會覺得是威脅找碴而已。

不過話說回來，原本一開始還相當不錯的女生好感度，竟然在短短三十分鐘

之內就掉到谷底，就某種意義上來說其實挺厲害的。

「噗呼呼呼……太好笑了……！」

至於無視現場氣氛，一個人笑個不停的九十九同學，也同樣被眾人悄悄疏遠。

為什麼這種怪人總會聚集在我身邊呢……

失落的高嶋同學開始默默滑起手機，可是他一聽到音響傳出貌似偶像歌曲的閃亮輕快前奏，頭馬上抬了起來。

「我的我的我的——這是我點的！」

高嶋同學興奮地喊出聲音，一個箭步衝上前握住麥克風，開始忘情高歌。振作得真快！

這首歌應該是「AI Live！」的曲子，不過他邊唱邊跳著完美舞步的模樣似乎很對男生的胃口，周圍接連爆笑出聲。

話說高嶋同學唱歌其實意外地好聽。只是他一邊扭來扭去一邊唱著可愛的偶像歌曲，搭配那張毫無作用的帥氣長相，整個畫面看起來非常超現實，的確戳中了大家的笑點。

就連一開始冷眼旁觀的女生們也漸漸被現場氣氛融化，眼神變得柔和起來。

等到曲子唱完，她們甚至可以苦笑地面對高嶋同學了。

「好厲害好厲害，好感度從蟑●升級成果蠅程度了呢。」

「這樣還只是果蠅程度嗎……」

聽到我的讚美，高嶋同學重重垂下了頭，但隨即在說完「算了，這樣也好」後，揚起了嘴角。

「從所有人好感度都是零的情況下大～逆～轉！這也是後宮喜劇的王道套路啊。」

這個破表的正向思考到底是從哪來的……

之後大家就在一片和樂融融的氣氛下唱歌聊天，十分盡興。

我也一邊和菜菜子聊天，一邊不由自主地吐槽高嶋同學的笨蛋發言，意外度過了一段相當愉快的時光。

——直到那首歌出現為止。

卡拉OK的畫面上，出現了「Mr. Music」這個標題。

我才剛反應過來，滿臉笑容的玲奈就把麥克風放在我手上說「瑞姫也唱一首吧」。

咦咦咦咦咦?!

「妳一直都沒唱對吧？而且剛剛妳說妳喜歡這首歌。」

她似乎聽見了我和菜菜子的對話。

雖然喜歡照顧別人的玲奈是出自百分之百的善意幫我點了這首歌，可是這樣我很困擾啊———！

「那個，我不……」

「大家看過來~瑞姫要唱歌了！」

玲奈的喊聲，讓大家「喔～」地一聲開始鼓掌。

噫噫——現場變成我不得不唱的氣氛了……！

對了！只要拜託菜菜子和我一起唱……想是這樣想，但菜菜子剛好不在座位上。

我還在手忙腳亂的時候，前奏已經結束，主歌不斷流洩而去，大家漸漸換上「嗯……？」的表情。慘了，怎麼辦，要是不唱一定很掃興吧。可是……！

出乎意料的發展讓我整個人呆住，直到有人突然拿走我手中的麥克風，嘹亮的歌聲響起。

——高嶋同學?!

「等等，這首歌是點給瑞姬的……」

「沒關係吧？我也喜歡這首歌，我想唱。」

高嶋同學看也不看玲奈的眼睛，直接說出他的決定，然後繼續晃動著身體唱下去。

玲奈像是在詢問「這樣好嗎？」朝我看來，看到我連連點頭之後，原本愣住的其他人也重新恢復成「算了，沒差～」的氣氛。

因為高嶋同學一臉開心地唱著這首充滿幸福感的悠揚歌曲，大家也在不知不覺當中跟著露出笑臉，十分投入。

等到歌曲結束時，剛開始出現的微妙氣氛已經消失得無影無蹤。

「……謝謝你。」

我才向回到座位上的高嶋同學開口道謝，他馬上露出不懷好意的笑容。

「欠我一次人情喔。」

嗚嗚，雖然不情願，但他真的幫了大忙……

「妳不喜歡卡拉ＯＫ嗎？」

「嗯。雖然喜歡音樂，可是不喜歡在人前唱歌。」

「嗯哼——」

高嶋同學一邊隨口附和一邊拿起杯子往嘴裡一倒，可是杯子裡已經空了。

「啊，這杯給你好了，我還沒喝過。」

唱完歌喉嚨一定很乾……我把店員剛送過來沒多久的柳橙汁貢獻出去。

「喔，那我不客氣了。」

高嶋同學誇張地點頭，拿起杯子就喝。

……嗯？這杯柳橙汁，怎麼顏色好像怪怪的？

積在傾斜的杯子底部的暗紅色液體，逐漸和上方的柳橙汁混在一起。

「高嶋同學，你等一下——」

等我發現異狀，開口阻止時，高嶋同學已經一口氣喝光飲料了。

「……剛剛的飲料，有沒有什麼怪味？」

我壓下心中的不安，小心詢問高嶋同學。只見他慢吞吞地轉過頭來。

「…………哈啊？」

用詭異聲音回答的高嶋同學，整張臉都漲成了紅色。

我大驚失色，趕緊把杯子拿到鼻子前一聞，發現柳橙汁的氣味裡，夾雜著讓人頭暈眼花的甜香。

這個味道我有印象——是媽媽很喜歡所以常在家喝的黑醋栗利口酒的味道。

高嶋同學喝的肯定是黑醋栗柳橙雞尾酒！

為什麼雞尾酒會出現在這裡？是店員不小心把其他房間點的東西送到這裡來了？還是這個包廂裡的人偷偷點了酒，結果錯放在我前面……不行，比起深究原因，現在還有更重要的事。

「高嶋同學，你還好吧？抱歉，剛剛那杯不是果汁，是酒。你先喝杯水或是茶……」

高嶋同學本來一直用恍惚的眼神望著驚慌失措的我，這時不知是誰唱起了著名的情歌，他馬上瞪大眼睛，猛然起身。

怎、怎麼了?!

高嶋同學大步向前，從另一個正在開心唱歌的男生手中搶走麥克風，然後深吸一口氣，放聲大喊。

「我，已經有心上人了——」

透過麥克風，連空氣都為之震動的巨大音量讓大家紛紛搗起耳朵看著高嶋同學，想知道到底發生什麼事。

「那個人就是『AI Live！』的小空良！！」

……你突然在這邊公開宣告什麼啊，高嶋同學！

「閃亮動人的栗色頭髮、楚楚可人的站姿、溫柔的微笑、惹人憐愛的長相……第一眼看到小空良，我的心就被她奪走了，像是完全著了她的魔一樣。加上她純潔無瑕的內心，滿溢著溫暖的體貼之情，全心全意地朝著夢想前進，擁有無數優點卻一點也不驕傲自滿，真實意義下的聰慧，即使遭遇困難也不氣餒的堅強，豐富的感受性……越是了解她，就越被她吸引。連同有點鑽牛角尖的地方，還有容易出包的地方，全部都讓人覺得可愛至極，全部都是珍貴的瑰寶。二次元有很多充滿魅力的女生，可是沒有半個能像小空良一樣震撼我的靈魂。

為什麼這個世上會有如此美妙的存在？為什麼我們能夠相會？除了奇蹟之外再也沒有其他解釋……」

滔滔不絕的小空良讚歌……大家彷彿被高嶋同學的熱情震攝住，全都一語不發地聽著他講話。

「不論日子有多艱苦，只要有小空良的笑容，我就能重新振作。就算用上所有詞藻，也無法完全表現出我對小空良的愛。因為有小空良在，我才能繼續活下去。——這首歌實在把我和小空良的關係表現得太過完美，所以我再也忍不住了。就是這樣，謝謝大家。小空良差不多快要覺得寂寞了……我得回去了，回到有她等待的那個家——」

頂著一張像是煮熟章魚的紅臉，單方面對我們說個不停的高嶋同學在此放下了麥克風，環視整個包廂。

「不要因為我不在了就掉眼淚喔。」

他輕聲笑著說完，伸手比出開槍手勢，邊拋媚眼邊朝著空中「砰」地開了一槍。

然後丟下所有呆若木雞的同學，輕快地離開包廂。

……呃，意思是說，他聽到那首歌就想到小空良，對小空良的愛意一發不可收拾，於是就在公眾面前大聲喊出自己的愛嗎……雖說人喝了酒之後情緒起伏確實會變得更大……啊，讓喝醉酒的人獨自回家應該很危險吧?!

我瞬間驚醒，先自掏腰包把自己和高嶋同學兩人份的錢交給菜菜子，然後匆忙地追了上去。

「光輝的季節～與你宛如寶物般的回憶～」

我在距離卡拉ＯＫ店不遠的地方，追上了一邊大聲唱歌一邊搖搖晃晃地前進的高嶋同學。

「高嶋同學，這裡已經是外面了，小聲一點啦！大家都在看。」

路人的視線讓我臉頰發燙，於是我小聲地提醒他。結果高嶋同學「喔嗯？」一聲，用他恍惚的眼神看向我，表情還越來越不高興。

「『大家』是誰啊？那種東西都是騙人的！用妳自己的話語來說！」

他突然開始說教了。話題跳得太快，實在聽不懂，完全是醉鬼才會出現的舉動。

「高嶋同學，來這邊來這邊。在這裡稍微休息一下吧。」

總之先想個辦法，讓他在搭上電車前先酒醒比較好……我做好打算，試著把他誘導到附近的公園。

高嶋同學左搖右晃地跟了過來，可是他一看到路邊喵喵叫的小貓，馬上大吃一驚似地屏住呼吸。

「那隻貓……！」

「嗯？」

「跟小空良在『AI Live！』第八話撿到的貓好像……！」

嗚哇～隨便啦。

「那一話根本是神劇本……爆哭無可避免啊。」

可能是回想起來了吧？高嶋同學開始止不住地流淚。隨後又從那段故事當中的小空良到底是個心地多麼善良的天使開始，接到她和貓咪的交流和最後不得不分離的演出有多麼巧妙，最後對製作團隊表示讚賞並滔滔不絕地進行介紹，說到停不下來。

這人真的有夠麻煩……而且在酒精的推波助瀾下，麻煩程度更是翻倍成長。

可是讓他喝下去的人是我……

「這時候的伏筆在後來的第十二話裡——」

「這麼說來，高嶋同學其實對真的女孩子很沒轍吧？」

我腦中忽然出現這個疑問，有點強硬地改了話題。要是繼續任由他說下去，感覺應該會說到天荒地老。

「可是跟我就能普通地對話，為什麼？」

「……為什麼呢……？」

大概是因為喝醉酒神智不清，高嶋同學老實認了自己對女生沒轍，皺著眉頭開始思索。

「……應該是因為聖不太像女孩子吧?怎麼說呢，就是很冷淡，沒什麼年輕人的活力。」

真沒禮貌!我這麼不親切還真是對不起啊?

「還有就是因為大和一直在說『同伴』『同伴』的嘛~」

「……不，我們並不是同伴。」

雖然表示否認，心裡卻被說服了。原來是這樣啊……

因為他是這樣想的，所以在我差點被迫唱歌的時候，才會過來幫我。

雖然各方面都讓人感到遺憾，但還是會為朋友著想呢……

就在我感到有點佩服，抬頭看向走在旁邊的高嶋同學時——

「這麼說來，妳的感冒還好嗎?」

他突然提到這件事，讓我嚇了一跳。

「咦?」

「妳看起來一直都是沒精打采的樣子，然後又坐在那麼冷的地方……感冒的人就不要到處亂跑啦。」

他一副看不下去似地糾正我，讓我有點困惑。

沒想到竟然被他發現我今天也不太舒服。

「我有吃藥，不會有事的。」

我像平常一樣冷淡地回答，可是……一個念頭忽然浮現腦海。

難不成，高嶋同學每次離開座位都會回到我的旁邊坐下，也是為了不讓我直接吹到冷氣風，幫我把風擋下來之類的？

……不不不，怎麼可能，這樣的解釋太過美化了。哪來的清純少女啊！一點都不像我。

「──聖。」

我邊走邊打消自己狂妄的念頭，但心裡還是有種莫名尷尬的感覺。這時，高嶋同學忽然停下腳步，朝我看了過來。

那張秀氣臉蛋上出現了前所未見的嚴肅表情，讓我的心臟擅自躁動起來。

「咦……？」

「我……」

高嶋同學凝視著我的眼睛，彷彿想說些什麼卻欲言又止。

這非比尋常的氣氛，讓我的心跳變得更加劇烈。等等，這是什麼狀況？到底是怎樣？

「……怎麼了？」

我死命壓下內心的動搖，開口詢問。高嶋同學露出憂鬱的眼神，低聲回答「大事不妙」。

「我覺得好噁心……想吐。」

看到他一邊摀著嘴一邊說出這句話，我內心的悸動感瞬間退得一乾二淨。

「等、等一下，你不能在這邊吐啊?!再往前走一點，就是公園廁所……」

「沒辦法，要出來了……」

「啊啊啊啊，那你快點過來這邊，在這邊吐！」

我才七手八腳地把他拉到路邊排水溝旁，高嶋同學馬上「嘔～」地一聲，讓嘔吐物隨著噁心的聲音撒在水溝裡。呀啊啊！噴到我衣服上了啦！

陣陣刺鼻的臭味，連我也跟著覺得噁心起來了。

拜託，饒了我吧……

雖然有股巨大的疲憊感來勢洶洶，但我在附近看到一臺自動販賣機，於是投錢買了飲料。

然後我把瓶裝綠茶遞給正用袖子擦拭嘴角的高嶋同學。

「你還好嗎？……拿去，用這個漱漱口。」

「抱歉……」

高嶋同學用茶漱了漱口，唉地一聲用力嘆了口氣，在旁邊的花壇邊緣坐下來。

「總覺得聖今天特別溫柔呢……」

他輕聲說出這句話。

「這個嘛——」

畢竟有部分原因出在我身上——在我還沒來得及說出下文之前，

「該不會是迷上我了？」

……啥？？？

高嶋同學把整個人呆住的我徹底丟在一邊，自顧自地單手撥起頭髮，露出欠揍的笑容。

「真拿妳沒辦法。雖然妳不是我喜歡的類型……來吧，讓我好好地抱妳。」

…………還是不管這傢伙好了。

第三章 在孤獨和歪理的黑影中藏身

我邊說「我吃飽了」邊收拾便當盒，從座位上站了起來。這時早我一步吃完午餐的野田同學和高嶋同學，朝我看了過來。

「妳要去哪裡？粉紅戰士。」

「園藝社活動，去幫花壇澆水。」

「園藝社？妳什麼時候加入的？」

「最近。」

我極盡簡短地回答他們的問題。

月曆頁面已經來到七月。

因為不管再怎麼拒絕他們都會纏上來，最近這一陣子竟然開始覺得跟這兩個人共同行動是件理所當然的事了。

這可不行。對了，去找個社團加入，交幾個正常的朋友吧——打定主意後，我就加入了園藝社。

「總覺得實在很不起眼……果然缺乏年輕活力啊。」

高嶋同學說了一句沒禮貌的話。

你管我這麼多！不起眼才好啊！都是託了某些人的福，害我每天都過得吵吵鬧鬧，所以接觸植物和土壤的療癒時光才會這麼吸引人。

可是，基於「想交新朋友」這個目的加入園藝社後，卻遭遇了一個最大的盲點──沒有社員（合掌）。

說得更精準一點，園藝社的社員數量不但少，而且大多都同時參加運動社團，所以幾乎沒有全員集合的活動。

目前頂多只有午休時間依序去幫花壇澆水而已。不、不該是這樣的……

算了，只要能在午休時間找個理由遠離他們兩個，這樣就夠了。

可以和美麗的花朵一起度過平靜祥和的時光了……我邊想邊邁開步伐，然後發現野田同學他們若無其事地跟在後面，讓我一時慌了手腳。

「等、等一下，你們不要跟來啦，看人澆水很無聊耶。」

「妳忘了嗎？粉紅戰士。現在『組織』的爪牙隨時都有可能發動攻擊，不能讓還沒覺醒的妳一個人落單。」

「反正待在教室裡一樣無聊。」

我、我的治癒時光……

「這麼說來，那個時期也快要到了……」

朝著校舍後方的花壇前進時，野田同學突然若有所思地說出這句話。

那個時期……？

「期末考嗎？」

「不是！我是說新戰士登場！」

看著野田同學猛然睜大眼睛，用力握緊拳頭……才不會出現呢，什麼新戰士之類的。

我一邊感到全身虛脫，一邊順著校舍角落轉進操場邊緣時——

「唔啊啊啊啊啊！鎮、鎮定下來啊，我的右手……！」

眼前出現一個身穿黑色學生服、戴眼鏡的男生，滿臉痛苦地按著他包滿繃帶的右手。

「哈啊……哈啊……冷靜下來，覺醒的時刻還沒到……！」

戴眼鏡的男生一邊喘著氣一邊做出不自然的舉動，彷彿手臂擁有自我意志一樣暴動，而他難以抑制。

……這、這是……再怎麼想都是「那個」吧。

老套到不能再老套，那個病的症狀之一……

「唔、吉爾迪巴蘭……怎麼可能、會、輸給你……我、我可是——龍翔院凍牙啊！」

戴眼鏡男生像是要甩開某些事物般朝著空中大喊，隨後維持著那個姿勢動也不動。

最後右手應該是停止暴動了，只見他重重呼出一口氣，轉過身來卻發現僵在原地的我們，嚇得倒抽了一口氣。

「你們……看到了嗎……！」

如果可以不要看到，我也很希望能那樣做。

我在心中光速回答，身旁的野田同學則顫抖地表示「是……」。

「是同伴啊——！」

他的眼睛發出閃亮的光輝，朝著戴眼鏡的男生衝了過去。

是啊，他絕對是你的同伴，毫無疑問。

「總算找到你了，黑戰士！」

「同伴……？」

戴眼鏡男生皺起了眉頭，毫不留情地揮開野田同學伸出去的手。

「你認錯人了。我沒有同伴……也不打算和任何人聯手。」

他用冷酷的聲音說完，隨後轉身離去。

只是才剛走出去沒幾步，他又側著臉看向我們，帶著充滿哀愁的眼神說。

「……給你們一點警告，最好不要接近我。」

——是的，不用你說，我也一點都不想接近！

「等一下！」

野田同學，不要啊——！讓他離開就好啦！

我在內心發出淒厲的慘叫，但這次換成高嶋同學狐疑地開口詢問。

「你是1A的中村和博吧？全校第一名的學生……警告是什麼意思？」

——全校第一名?!應該是指成績……沒錯吧？

能在這間學校獲得第一名，偏差值一定非常高，能夠輕鬆進入國內任何一間大學。這就是所謂天才跟那個什麼只有一線之隔的代表吧……不過在我親眼看到他的言行舉止後，只覺得他一定是後者。

戴眼鏡男生哼了一聲，露出諷刺的笑容，整個人緩緩轉了回來。

「中村……原來我在這個世界線用的是這個名字嗎？不過，那充其量只是為了一時方便，才幫這個暫用肉體取了俗稱。我刻劃在靈魂上的真名是『龍翔院凍牙』——儘管背負著強大的力量，不，正因為擁有強大的力量，才不得不背負著無法抹去的血腥過去和永遠無法贖清的罪孽的孤獨戰士。」

中村同學雙手抱胸，伸手推了推眼鏡正中央。

「強大的力量……血腥的過去……？龍翔院，你到底是什麼人……？」

野田同學吞了一口口水，而中村同學再次發出警告「最好不要靠近我」。

「唯一可以告訴你們的一點，那就是我的前世是天使與惡魔在禁忌交合之下所誕生的混血兒，所以我的眼睛可以看到平常不該看見的事物。眼鏡是為了避免自己看到太多不必要的東西耗損精力才戴上的保護層。我過去為了拯救一個世界，付出的代價是連同靈魂都遭受邪惡的詛咒，但同時也獲得了源源不絕的黑暗之力……暗黑神吉爾迪巴蘭被封印在我的右手當中，只要稍有不慎，我的理性枷鎖就會被破壞，必須拚死壓抑破壞與殺戮的強烈衝動——這種宛如走在鋼索上的日子，老實說我已經累了……」

嘴巴上說「唯一一點」，但你告訴我們的東西也太長太詳細了吧！

看得出來，他心裡正因為有人追問而高興得不得了。

「這樣你們就懂了吧？和我扯上關係絕對不會有好事……」

「啊啊，再清楚不過了——我知道你是個無可救藥的大混帳了！」

挺胸直立的野田同學大聲說出這句話，中村同學立刻變了臉色。

「你說……什麼……？」

「不要全部攬在自己一個人身上！讓大家一起幫你背負重擔吧！」

「說什麼傻話……這是我的罪孽，不是你這種乳臭未乾的小鬼能夠背負的。」

「既然你這麼想……那就讓我看看吧！你所謂的黑暗之力——」

呃，這個小劇場是怎麼回事呢……

中村同學露出可怕的表情瞪著野田同學，不屑地笑出了聲音，低聲回答「如你所願」。

「愚蠢的人類之子啊……就讓你一窺真正的絕望深淵吧。」

然後他用雙手結了一個複雜的印，開始念起詭異的咒文。

「遭受詛咒的炎獄之獸，徘徊迷惘的冥界亡者，以汝等之尖爪與利齒，將吾獻祭於此處的脆弱生靈撕裂！以遠古契約為令，回應吾之召喚——來吧，赫爾的奴僕！」

中村同學用他低沉響亮的聲音大聲吟唱，野田同學馬上驚訝地瞪大眼睛，擺出戰鬥姿勢，戒備著四周。

「這、這些傢伙是……！」

「呵呵呵……沒錯，這是我從魔界召喚來的三頭犬和食屍鬼們。面對黑暗眷屬凶殘的猛攻，你有辦法對抗嗎……？」

什麼東西?!這些人到底看到了什麼?!

「來吧，和死神共舞一曲絕望的輪舞曲！」

中村同學用力張開雙手。

臉色陰鬱的野田同學朝著空中不斷出拳踢腿，隨後低聲吐出一句「沒完沒了啊……」並誇張地往旁邊一滾，拉開距離。

然後他蹲好馬步，高舉雙手叫道。

「鑽石防壁！」

「……什麼……?!」

野田同學朝著大驚失色的中村同學露出狂妄的微笑。

「在這道防壁前，任何攻擊都是沒用的……！」

「嘖……」

中村同學啐了一口……

「……欸，高嶋同學，你有看到什麼嗎？」

「什麼都看不到。」

聽著他們緊張又充滿真實感的對話，我忍不住開口詢問站在旁邊的高嶋同學，結果他二話不說秒答。太好了，什麼都看不見的我並不是怪人啊……

「真意外，看來可以跟你好好玩一玩呢……」

中村同學再次換上傲慢的笑容，取下手上的白手套，丟到地上。

「這個手套，是一種拘束器——換算成質量是單手七十公斤。也就是說，我平常活動的時候一直承受著兩個成年男子的重量。」

哇——好厲害——（語氣死板）

「同時它也是控制裝置，能把我的魔力壓抑至百分之五十。而我現在把它卸下來了，結果會是如何呢……想嘗嘗看我永無止盡的魔力之麟角是什麼滋味嗎？」

看到中村同學嘴角浮現出充滿攻擊性的笑意，野田同學雖然表情微微一僵，下一刻仍露出強勢的笑容與之對抗。

「啊啊，我求之不得！」

「橫貫焦土的漆黑之颶風，驅逐萬物的奔流之御手，解放這個狂氣瀰漫的凶器十字架吧！以遠古契約為令，回應吾之召喚——闇黑十字龍捲風！」

「鑽石防壁！」

扭轉身體、雙手交叉，做出詭異動作的中村同學吟唱咒文的語聲剛落，野田同學也再次下蹲馬步，兩手向前推去。

「哈啊啊啊啊啊啊啊啊！」

「唔喔喔喔喔喔喔喔！」

「呃唔唔唔唔唔唔唔！」

「呀啊啊啊啊啊啊啊！」

兩人各自保持著對峙動作，持續吼叫，直到預備鈴聲噹——咚——地響起，他們同時全身脫力似地垂下了雙手。

「哈啊、哈啊……想不到，世上竟然有人可以承受我的闇黑十字龍捲風到這種程度……」

中村同學急促地喘著氣，不可置信地緊盯著他的對手。

「老實說……哈啊、哈啊……差點就、輸了……」

野田同學一個踉蹌坐倒在地，一邊大口呼吸，一邊伸手擦去額頭上的汗水。

「哼……真是有趣的男人。姑且問問你的名字吧。」

「我是野田大和。」

中村同學揚起一邊嘴角，伸出了手。野田同學回握住他的手，站起身來，同樣浮現出心滿意足的微笑。

兩人如釋重負地握住對方的手，散發出已經認同彼此的氣氛。

——這場我們什麼都看不到的激烈戰鬥，似乎讓兩人的友情悄悄萌芽了。

話說你們也太心靈互通了吧！打從娘胎就是摯友了嗎！

「多多指教啦，黑戰士！」

「我不是黑戰士。我是——龍翔院凍牙。」

看著戴眼鏡男生一臉狂妄地發出宣言，我重重地垂下了頭。

啊啊……怪人又增加了……

「粉紅戰士，妳這個星期天有空嗎？」

和中村同學相遇的隔天，早上班會結束後，臉色不太好看、感覺比平常緊張許多的野田同學跑來這樣問我。

野田

「這次的敵人可說是前所未有地強大……如果我們不同心協力，大概沒有辦法擊敗對方。」

這孩子突然在說什麼啊……我還在發楞時，高嶋同學開口幫忙翻譯。

「他想說的是為了對付期末考，我們一起開個讀書會吧。」

啊啊，原來如此。剛剛班導好像有說「期末考不及格的人要參加暑輔」。

老實說，其實我也相當擔心自己過不了古文這關。古文才是真正的敵人吧。

把一大堆看不懂意思的詞彙和各種借代法毫無節制地排列在一起，卻只是想說「有個傻氣的朋友本來是為了參拜而去，卻忽略了最重要的正殿」，或是「在鄉下找到一間感覺不錯的房子，但旁邊的橘子樹很礙眼」、「總之就是想出門旅行」之類的，為什麼要這麼辛苦地翻譯這些沒意義到極點的文章呢？我每次都被這些內容折騰得半死。而且登場人物三不五時就落淚暈倒，感覺腦筋不太正常，言行舉止也不乾不脆，非常煩人——話題扯遠了。

讀書會啊……說來失禮，我實在不認為他們兩個的成績會有多優秀，完全看不出跟他們一起念書的好處在哪裡。再說為什麼我要可悲到這種程度，連假日都非得跟他們見面不可呢？

我拒絕——就在我即將脫口說出這句話時，野田同學又開口了。

「這次的緊急對策本部設在黑戰士家裡，大家一起突破這個難關吧！」

「這裡這裡！粉紅戰士！」

才剛踏出車站，一個嘹亮的聲音馬上傳了過來，我的臉應聲變紅。

「野田同學，不要叫這麼大聲啦！」

我一邊感受著過路人投來的目光，一邊提出抗議。野田同學一聽，反而瞪大了眼睛回答「可是太小聲的話不就聽不見了嗎？」。

一旁的高嶋同學裝模作樣地聳了聳肩，嘆出一口氣。

「至少也說句『對不起啊，等很久了嗎？』之類的嘛，這樣我就可以回答『別在意……妳是為了我才花時間打扮的吧？』的說。」

「我打從心底覺得沒說真是太好了。」

我淡然地表達完心聲。

而後，野田同學吆喝一聲「好，那我們出發吧！」後，大家便邁步前進。

星期日下午兩點，準備到中村同學家裡開讀書會。

我跟菜菜子確認過，打從入學以來中村同學一直是全校第一名這件事好像是真的。

雖然個性是那樣，不過他的學業成績實在很吸引人。畢竟要是有個萬一，我可能連暑假都要被迫和古文奮鬥。一切都是為了解決眼前的危機……

依照google地圖大師的指點，我們來到中村同學的家。那是一棟有著藍色屋頂、白色牆壁，感覺滿不錯的兩層樓獨棟。

按下門鈴，我們還來不及說些什麼，就聽到對講機那一頭說「進來」。

應該是透過鏡頭看到的吧？不過反應也太快了吧～難不成他一直在客廳裡等……應該不至於吧。

「想不到你們真的來了……真是一群怪人。」

門一打開，就看到中村同學雙手抱胸，背靠著玄關牆壁迎接我們。明明是假日，他卻穿著制服。

「為什麼穿著制服？」

高嶋同學一問，中村同學面帶憂鬱地開口回答。

「這不是普通制服，是揉入了特殊魔力製成的拘束衣。」

真的有很多設定呢……

野田同學喊著「原來是這樣！好厲害——」，一副相當佩服的樣子。

「中村同學，這個給你。連你家人的份也有，希望能分給大家……」

我一拿出帶來送人的土產，中村同學的瞳孔瞬間微微放大。

「……聖瑞姬。」

為什麼連名帶姓？我邊想邊回答「是」，只見中村同學原本面無表情的臉逐漸緩和下來。

「連我絕望冰凍的內心都能為之融解的甜美貢品……感謝妳。」

這是一家知名甜點店賣的滑嫩布丁。看來中村同學也很喜歡這個。

「你們在此稍候。」

說完，中村同學頂著一張冷酷卻又帶著微妙雀躍的表情，把裝有布丁的盒子拿進裡面的房間，然後走了回來。應該是拿去冰箱冰了吧。

「帶你們去我的房間吧。不過這樣好嗎？進去之後……就再也沒有退路了。」

「啊啊，如我所願！」

這些聽不懂的臺詞就全部交給野田同學負責回答。

我自顧自地說出「打擾了——」然後走進屋內。

「你家人都出去了？」

「我沒有家人。」

我隨口問出的問題卻得到這麼沉重的回答，不由得倒抽一口氣。

「我……『龍翔院凍牙』的血親，已經在千年前的大戰中雙雙沉入名為歷史的大河之中。至於現在，則是由一對男女創造出我所選擇的短暫宿主『中村和博』的肉身，和他們一起對外採取家人形式的生活……」

什麼啊，爸爸跟媽媽都活得好好的不是嗎——真是嚇死我了。

「當然，我對他們確實抱著感激之情。可是……原本應該要具備的，對家人這項事物所抱持的『愛意』……我卻無法理解。這應該也是因為我本來就缺乏『感情』這個東西吧……」

突然打到高速檔、一個人爆衝說個不停的中村同學走上二樓，來到第一個房間之後表示「就是這裡」，打開了房門。

「——好厲害！」

「超帥的！」

才剛踏進房間，野田同學和高嶋同學都驚呼出聲。

他們的視線前方是西洋劍、槍、短劍……等多把模造武器，掛在牆上裝飾。

「欸欸，可以摸摸看嗎？」

眼中綻放著光輝的野田同學二人熱切地詢問，中村同學哼了一聲，冷漠地點頭。

「王者之劍的刀刃可以淨化世間所有邪惡的存在。你們自己也要當心，別被消滅了。」

乍看之下，中村同學似乎是非常冷靜地望著興奮異常的野田同學二人，可是仔細觀察就能發現他的鼻孔正因驕傲而不斷撐大。

大概是因為自豪的收藏品受到稱讚，所以開心到不能自已吧。

男生們正為了模造武器而興奮雀躍時，我轉頭環視房間內部。

大概四坪大的西式房間，放有書桌和床鋪。窗簾是藍色，地毯是米白色，非常普通……房間裝潢的主導權應該是握在媽媽手上吧。

除了模造武器外，另一個吸引目光的東西就是巨大的書架，裡面塞滿了書。

我大略掃了一下書名，上面大多是神話、幻獸、天使、惡魔和魔術等，看起來就是中村同學會喜歡的文字。其他還有哲學、量子力學、舊約聖經……

還有不少讓人覺得「這是看書名買的吧？」的書，例如《查拉圖斯特拉如是說》、《致死之病》、《神曲》、《罪與罰》、《羅生門》、《人間失格》、《怒月》、《黑之書》等等。

漫畫和輕小說的數量也很驚人……

「你到底是誰——」

一陣高亢的聲音刺入鼓膜。我回頭一看，發現吊在窗邊的鳥籠裡有一隻鳥。全長約二十公分，頭部是白色，脖子以下是藍色，背部和翅膀上長著黑色帶有白色千鳥紋的羽毛。這應該是虎皮鸚鵡吧？

「真可愛，好會講話喔。」

我相當佩服，而中村同學嗤之以鼻地表示「那當然」。

「我來介紹，這是我前世的盟友『浮士德』……繼承了不死鳥的血統。」

喔……是嗎。

「雖然是藍色的。」

高嶋同學悄聲吐槽，中村同學便立刻反擊道「蠢蛋，異界的火焰是藍色的！」。

看來這部分的設定也做得無懈可擊。

「祕奧義，永恆冰霜暴雪擊！」

這隻鸚鵡可能太過興奮，牠不斷拍動著羽毛，大聲叫出某種類似咒文的內容。原本在鏡子前面舉著模造刀，忘情擺出各種動作的野田同學一聽到這個聲音，馬上有了反應。

「『永恆冰霜暴雪擊』……?!」

前一秒還貌似恍惚地復誦，下一秒整張臉立刻綻放出耀眼的光芒。

「那是什麼招式！感覺超帥的！」

中村同學表情一變，自豪地露出了淺笑。

「啊啊……這是所有神聖魔法當中最高階的S級魔法，是禁忌的最強終極奧義。念出這個咒文的瞬間，周圍就會連同空氣一起瞬間冰凍──對手注定一死。」

「……！」

野田同學漲紅了臉，咕嘟一聲吞下一口口水。

「S級魔法……禁忌的……最強終極奧義……！」

他緊握著顫抖的雙手，口中跟著喃喃復誦。看來這招確實完美打動了他的中二之魂。

「就連我也只有使用過一次……只有在我封印住暗黑神吉爾迪巴蘭的那一場決戰中用過。這個脆弱的人類肉身無法承受我過於強大的魔力，咒術肯定無法維持完整，最後只會直接暴走瓦解吧。」

「帥爆了！『永恆冰霜暴雪擊』超帥的──！」

中村同學伸出食指迅速按住興奮大叫的野田同學的嘴唇。

「──這個神級咒文就是這麼令人恐懼。」

他露出嚴厲的眼神，鄭重警告野田同學。

「這不是可以隨便說出口的東西，懂了嗎？」

不不，你一定是在房間裡反反覆覆說過幾十次，鸚鵡才會記住的吧！

我在心裡大聲吐槽，野田同學卻是繃緊了臉，用力點頭。

「大家的拿手科目是什麼？」

好，來念書吧！大家在桌子四周坐下後，野田同學率先開口。

「我的話是體育和數學。」

「咦，野田同學數學很強嗎？」

好意外……看到我瞪大了眼睛，高嶋同學聳了聳肩膀回應「大河很厲害喔」。

「他可以把中途的算式全部跳過，用直覺猜中答案。」

「那怎麼可能！這根本不可原諒吧！」

「這是野性的直覺！」

野田同學得意洋洋地挺起胸膛，但是對於深愛數學清晰又條理分明的理性之美的我來說，實在無法認同這件事。

「不是我自誇，如果入學考試不是畫答案卡，我應該就進不了皆神高中了！」

完全是靠直覺考上的嗎?!這種事到底有什麼驕傲啊！

「智樹擅長的是健康教育吧？國中的時候也經常拿滿分。別看他那個樣子，他可是擁有『健康教育之神』的稱號。」

「啊啊，健康教育方面的問題全部都可以問我。」

……因為說這句話的人是高嶋同學嗎？老實說我除了「這個變態」以外沒有其他感想。

「日本史也很拿手喔。因為『織田信奈的野望』讓我產生興趣，後來就喜歡上了。」

記得那好像是戰國武將通通變成美少女角色的動畫？實在太像他會做的事了。

高嶋同學開始說起他和他在那部動畫喜歡上的角色之間的妄想故事，我硬是插嘴表示「我喜歡的是數學」，來打斷他的長篇大論。

「粉紅戰士也是嗎！我們一樣耶！」

「不要把我跟你混為一談！那中村同學擅長的科目是？」

「哼……當然是『全部』。不過特別中意的是倫理和德語。」

中村同學推了推眼鏡，發出豪語。

……感覺是另一個世界啊。順帶一提我們學校並沒有德語這門課程。

總之我們決定今天先念自己想念的科目，有不懂的地方就問中村同學。

「亞歷山大大帝，這名字聽起來超帥的。」

開始還不到五分鐘，翻開歷史教科書的野田同學低聲說出這句話。

「對啊，而且還有另一個寫法『亞歷山德羅斯』，不覺得很像進階版的咒文嗎？山大↓亞歷山大↓亞歷山德羅斯這樣。」

高嶋同學跟著說傻話附和，野田同學也大喊著「我懂！」。

原來你懂啊。

「亞歷山大大帝還有另一個傳說是『一眼漆黑如夜，一眼湛藍如天』。據說他有虹膜異色症，眼睛顏色分別是棕色和藍色。」

「「竟然有……虹膜異色症……？」」

中村同學展現出他的博學。聞言，野田同學和高嶋同學的臉色都變了。

虹膜異色症就是左右眼的顏色不一樣吧？真稀奇。

「更甚者，據說亞歷山大父親那邊的祖先是希臘神話海克力士的血緣，母親則繼承了祖先阿基里斯之血。也就是說，他的誕生結合了希臘兩大英雄血統，是最強的純種。他的母親奧林匹亞絲是可以操控大蛇的密教巫女，他的老師則是著名的哲學家亞里斯多德。他擅長騎兵戰，二十歲即位之後連戰連勝，建立一代帝國，可惜年僅三十二歲便與世長辭。」

「「喔喔喔喔喔喔喔……！」」

男生們興奮不已。看來這個話題牢牢抓住了他們的中二心。

你們不是只喜歡二次元嗎！這些反應實在讓人好想吐槽……

「說到世界史上的英雄，因為『骰子已經擲下』這句話而聲名大噪的羅馬將軍尤里烏斯．凱薩也是個相當不錯的傢伙。」

中村同學說得一臉得意，然而用「相當不錯的傢伙」來形容世界偉人，你到底以為自己是誰啊？

「尤里烏斯．凱薩！光聽名字就覺得超帥氣！世界史就是偶爾會出現這種名字或稱號讓人超有感覺的人物呢！」

野田同學整個人激動起來，高嶋同學和中村同學也興奮地回應。

「啊啊，像是獅心王理查和雷帝伊凡四世！」

「日本的話大概是『獨眼龍』伊達政宗？」

「『甲斐之虎』武田信玄、『越後之龍』上杉謙信、『第六天魔王』織田信長……」

「信長的『最終頭目』感覺也不是蓋的！」

「另外武者小路實篤也很不錯……」

這群中二病男生討論得興高采烈，但念書可是一點進度都沒有喔？

「各位！認真一點！明天就要考試了！」

我高聲喊了出來，他們這才一副心不甘情不願的樣子，繼續看向桌上的課本。

「——中村同學，這邊這個『像形』該怎麼做名詞分解？」

「『像形』是『像其形』省略了中間一字的寫法，因此可以分解成動詞「像」，指示代名詞「其」和名詞「形」。」

中村同學毫無窒礙地回答我的問題。敢說自己擅長所有科目的人果然有兩把刷子。

「原來如此，謝謝。……欸，可以問你念書有什麼訣竅嗎？」

我只是隨口一問，想不到中村同學的答案是「怎麼可能有那種東西，只能努力」。喔喔，這麼直接，好像有點帥——正當我這麼想的時候。

「不過也有部分原因是我接受過睿智賢者的加持。我不否認自己擁有遠超乎常人的頭腦……雖然它不一定永遠都能產生正面作用就是了。這大概就是身為天才的孤寂吧……」

中村同學苦笑著說出這番話，也不知道他到底是覺得驕傲還是煩惱。

……成績是全校第一沒錯，但他搞不好也是真正沒救的白痴……

「睿智賢者是我前世伙伴的三賢者之一。擁有通曉萬物的淵博知識，但也是個頑固的怪人。我和他的相識是在……」

我滿心遺憾地看著開始講解設定的中村同學，一旁的高嶋同學則是探頭過來看向我手上的課本。

「聖在看源氏物語？」

「對啊，是《若紫》之章。」

源氏物語是平安時代的長篇小說，講述的是天皇第二皇太子——俊美絕倫的「光源氏」的生平。

《若紫》之章的內容大概是光源氏在鄉下巧遇一個和初戀情人極為相似的少女紫之上，一時衝動就把紫之上帶回了家裡——其實是有點荒謬的故事。

而且光源氏還把紫之上扶養成自己喜歡的樣貌，最後還硬是娶她為妻。換成現代就是戀童癖罪犯，應該直接送進監獄。

「源氏物語其實是日本最古老的後宮輕小說吧～先是初戀的姐姐角色和理想的妹妹角色兩位女主角，加上傲嬌未婚妻、病嬌未亡人，還有自由奔放的性感嫂子……」

等等，高嶋同學！你把日本文學的巔峰之作說成什麼了啊！

「不過我只有看過漫畫版的《源氏物語》就是了。」

「啊，那個很有意思。」

古文課老師曾在課堂上推薦那套根據小說繪製而成的漫畫，所以我也有看。

「裡面不是有個紫之上死後，源氏後悔不已的場景嗎？總算明白自己的最愛其實是紫之上，後悔為什麼沒有在她生前多愛她一點——我覺得要是小空良早我一步離世，我應該也會有同樣的感覺吧。對於這份心情，覺得非常感同身受，差點就哭了。」

……把自己跟光源氏擺在一起，這人到底對自己多有自信啊……

「這麼多充滿魅力的女生，而且每個人都需要我，所以才沒辦法只對一個人好啊……但是看過書之後，就會覺得平常還是要特別珍愛身為正宮的小空良才行。原諒過去的我吧，小空良……！」

別擔心，當你把小空良當成老婆的同時，她也是全日本所有小空良粉絲的老婆——我差點脫口說出這句話，但一想到後果會很麻煩，就放過他了。

這麼說來野田同學……我邊想邊轉頭看去，發現他已經趴在桌上熟睡，發出恬靜的鼻息。從剛剛興奮聊天到現在只過了不到十分鐘耶！

「野田同學，野田同學，醒醒。」

「……啊！」

我推了推他的肩膀，結果他全身一震，像是跳起來一樣猛然坐直。

哇！嚇我一跳！

「大事不妙，粉紅戰士！現在不是做這種事情的時候了！」

「怎、怎麼了？」

「因為地球暖化，一群眼中散發著憤怒紅光的南極企鵝組成了聯合戰線，準備攻打日本！我們不能容許如此可悲的戰爭發生！」

可悲的是你的中二腦啊……

「必須馬上過去阻止牠們……！」

「冷靜一點，野田同學，那只是作夢！」

「如果這是企鵝太透過夢境送來的求救訊號……」

「企鵝太是誰啦？別想製造騷動試圖偷懶！」

之後也一直延續著中二話題，完全沒有念到書。這時野田同學的肚子發出響亮的咕嚕聲，眾人決定暫時休息一下。

「我去泡個茶。」

中村同學去了一樓，野田同學一邊伸懶腰一邊起身，打開了房間窗戶。

「喔，好舒服的風。可以振奮精神！」

振奮什麼精神？你們只是一直在玩而已啊！

「那麼，既然房間主人不在，那麼我們該做的事情就只有那個了。」

下樓腳步聲遠去之後，高嶋同學馬上露出不懷好意的笑容。

「該做的事？」

「搜索房間！」

高嶋同學一邊興奮大喊一邊把手伸進床底下。

「智樹，這種事情不太好喔。」

「就是說啊，別這樣啦……」

也不管我們皺著眉頭，高嶋同學大喊「找到啦～」並抓出幾本筆記本。

「……這是什麼東西？」

那本讓高嶋同學看得一臉驚訝的筆記本，封面寫著「愚昧墮天使的默示錄」幾個字。

他翻開第一頁，閱讀了上頭的文章，隨後倒抽一口氣說出「這、這個是……」。

我和野田同學也敗給了好奇心，跟著湊過去看了幾眼。

只見第一行寫著這樣的內容：

『・名字被寫在這本筆記裡的人會死。』

——自己手工做的「死亡筆記本」嗎！！

「原來黑戰士是新世界的神……」

野田同學呆滯地喃喃自語。呃，我想應該不是喔。

「那這一本呢……？」

第二本筆記本，封面寫的是「光明與黑暗的救世主──《黑色百合大災禍篇》」。

往後翻了幾頁，我看到一張圖片畫著身穿黑色盔甲、站在懸崖上俯視腳下大地的騎士，對白框寫著「這裡就是……瓦爾巴洛斯……」。

這是……中村同學畫的漫畫?!

就外行人來說，這幾張用鉛筆畫的圖算是相當厲害。只是當我看到下一段獨白時，頓時渾身顫抖到不能自已。

『我的名字是龍翔院凍牙。人稱我為「漆黑閃光」。』

中村同學莫非……在畫自己當主角的漫畫?!

有病啊！真是太有病了……！

儘管內心的慘叫不絕於耳，好奇心卻讓我移不開目光。

──看來這應該是描寫繼承天使與惡魔之血的青年，即將踏上打倒暗黑神的旅程的故事。

可是這一整本完全沒寫到他踏上旅程，只有寫出這個世界的地形、各國歷史、政治、經濟、語言以及魔法系統等龐大的設定，還有龍翔院凍牙到底有多麼強大、多麼受到眾人敬畏卻始終孤獨一人，然後就結束了。

「看、看不下去……」

看到「後續請見《藍色薔薇鎮魂曲篇》」這行字，高嶋同學一邊低語一邊翻開最後一頁，而後瞪大了眼睛。

我也因為衝擊過大差點停止呼吸。

那一頁——寫了一篇以「後記」為題的文章。

「明明連讀者都沒有……竟然還寫了「後記」……！」

在場所有人都翻了白眼，為這強大的破壞力渾身顫慄。

『該寫初次見面嗎？抑或是……又見面了？擁有生命的所有生物全都存在於輪迴之理——從屬於銜尾蛇的圓環之中。這就是我的哲學……我太晚報上名號了，我就是這部作品的創造者，龍翔院凍牙。』

不行，要是繼續看下去，心靈會承受不住的——！

就在我們的血條無限趨近於零的時候。

「喂，把門打開。」

房門後方響起了中村同學的聲音。噫噫！

確認高嶋同學已經用光速把筆記本放回原本位置之後，野田同學打開房門，一個端著托盤的戴眼鏡男生隨即現身，托盤上放著茶具和布丁。

因為他雙手都拿著東西所以沒辦法開門，安全上壘……！

「欣喜吧，這可是上等茶葉『威爾斯王子茶』……怎麼了？」

可能是發現房間裡瀰漫著微妙的氣氛，中村同學皺起眉頭。

「不，沒事啊～哇，好厲害，味道真的好香耶！」

「布丁看起來也很好吃呢，黑戰士！」

「好想快點吃喔～」

大家連忙露出笑容，試圖轉移注意力。

「你們到底在隱瞞什──」

就在中村同學一臉狐疑地說到這裡時。

「永恆冰霜暴雪擊！永恆冰霜暴雪擊！」

吵鬧的叫聲響起，鸚鵡忽然在籠子裡面又跳又竄地大鬧。

「啊，浮士德也肚子餓了嗎？」

「說不定是想要一起吃點心！」

「對啊，快點給牠飼料啦。」

「快獻上貢品！永恆冰霜暴雪擊！」

中村同學似乎還在起疑，但鸚鵡實在吵得沒完沒了，於是他裝模作樣地嘆了一口氣，一邊抱怨著「真是的……」一邊走近鳥籠。

「知道了，你冷靜一點，浮士德。」

很好，成功轉移話題了！完美助攻啊，浮士德！

「來吧，浮士德，今天的祭品是粉碎的九頭蛇頭骨……」

中村同學拿出一包寫有「粟米粉」的鳥飼料，打開鳥籠入口。結果鸚鵡猛然拍動翅膀，飛了出來。

「喂！浮士德……?!」

原本游刃有餘的中村同學發現窗戶是開的，頓時瞪大了眼。

「窗戶為什麼是開的……浮士德，等一下……！」

「永恆冰霜暴雪擊！」

鸚鵡完全不理會中村同學的制止，從剛剛野田同學打開的窗戶飛了出去。

「……！」

「——快追！」

當所有人都在發楞時，野田同學首先回神。

他立刻衝出房間，我們也追著他嬌小的背影而去。

「浮士德——！」

「你在哪裡～？」

等我們穿好鞋子踏出玄關時，鸚鵡的身影已經完全消失了。

「嗶——嗶啵——！」

身邊突然爆出一陣刺耳的聲響。我轉頭一看，發現中村同學正在用力吹著一支詭異的橫笛。

「你在幹什麼，龍翔院?!」

「只要吹奏這支橫笛的音色，浮士德不論身在何處應該都會飛過來才對……」

那不是只是設定而已嗎?!與其說是音色，根本是噪音啊……！

「另外浮士德也很喜歡手銬晃動還有刀劍互砍的聲音，你們也用這些東西幫忙找吧。」

「知道了！」

野田同學用力點頭……為什麼會隨身攜帶這麼奇怪的東西啊！

浮士德真的喜歡這種聲音嗎？嗚嗚，感覺好討厭……

「浮士德！快回來——！」

「快點出來，浮士德！」

「嗶啵——嗶——！」

不知為何，野田同學反手拿著兩把小刀，不斷互擊製造聲響；我和高嶋同學則是拿著玩具手銬喀啦喀啦地搖晃；後方則有中村同學猛吹著不成調的笛聲……這一群人未免太詭異了。

總之路上只要遇到人，我就會馬上開口詢問「請問你有沒有看到一隻鸚鵡」。一方面是為了搜查，另一方面則是為了公告世人我們這樣做是有原因的，一切都是迫不得已。

找了差不多三小時，我們找遍了附近的樹枝、電線、樹籬笆和草叢，但始終沒有看到藍色的鸚鵡……

「既然如此，只能使出那一招了……」

野田同學蹲好馬步，雙手比出和平手勢橫放在額頭前方——這是先前看過的那個。

「去吧！我的探照光線！」

果然是這招。可是這招不是用來搜尋邪惡靈魂的嗎？

野田同學表情嚴肅地靜止一陣子。

「是這個方向！」

他朝著右邊的岔路用力一指。

然後下一秒鐘。

「永恆冰霜暴雪擊！」

我們苦苦搜尋的高亢鳥叫聲，從左邊傳了過來。

「奇怪，難道我的探照光線變遲鈍了……?!」

沒空理會認真煩惱的野田同學了，我們一同朝著左邊跑去。

「——啊，在那裡！」

高嶋同學往上一指，樹枝上果然停著一隻藍色的鸚鵡。

「哼哼哼，我的名字是龍翔院凍牙！」

沒錯，就是浮士德！

然而還沒高興多久，我們便發現同一棵樹的樹幹附近，有一隻圓滾滾的三毛貓正在悄悄接近，我全身涼了半截。

「浮士德！快逃！」

中村同學發出急迫喊叫的同時，肥貓也朝著歪著頭的鸚鵡飛撲過去——

不行！住手啊——！

當我看到貓的前爪抓住鸚鵡，感覺背脊徹底結凍的那一瞬間，突然聽見啪擦一聲，樹枝斷了！

突如其來的狀況讓肥貓著地失敗，直接掉到下方空地。

浮士德也因為中途獲得解放的關係，拍著翅膀飛回中村同學身邊，看起來似乎沒有受傷。

……太好了……！

「浮士德……你還活著真是太好了！」

中村同學馬上把牠放進一起帶來的鳥籠裡。

「太好了，黑戰士！」

「龍翔院，你是不是鬆了一口氣在哭？」

被高嶋同學取笑似地這麼一說，中村同學馬上揉著眼睛回嘴「怎麼可能！」。

「只是荒野之風吹進了眼裡而已……！」

「——不過話說回來，這麼粗的樹枝竟然這樣就斷了，這傢伙到底有多胖啊？」

高嶋同學看著那隻一邊喵喵叫一邊漫步走出來的肥貓，看不下去似地這麼說。

這時——

「班傑明！」

另一個清亮的聲音響起，一個身穿個性服飾的高個子紅髮男生朝這裡衝了過來。

——九十九同學?!

九十九同學先是瞪大眼睛掃視我們四人，然後「哎呀呀」地聳聳肩。

「咱們學校的問題兒童齊聚一堂，這是想要幹什麼？」

他一邊露出淺淺的微笑，一邊伸出雙手抱起貓咪。

「……那是你的貓嗎？」

面對中村同學的質問，九十九同學用一句「這個嘛，差不多吧」含糊其辭地帶過，眼睛緊盯著鸚鵡，嘴角的笑意變得更深了。

「——既然是這麼重要的東西，就不該讓牠離開視線範圍啊。」

「……你說什麼？」

九十九同學完全無視中村同學已經深鎖的眉頭，掃了我們所有人一眼之後瞇起眼睛。

「你們全部，都應該小心。」

「……?!」

說完，他自顧自地轉身離去，留下滿心困惑的我們。

到底是什麼意思……我不懂。

雖然搞不清楚狀況，但我赫然發現西方的天空已經徹底染上一片昏黃，忍不住大驚失色。

「騙人，已經這麼晚了?!」

用手機確認時間之後更是晴天霹靂，結果根本沒有念到書……

「死定了。」

「這樣下去期末考就會……!」

連野田同學和高嶋同學也不禁臉色慘白地抱頭哀號。這時，中村同學發出一聲巨大的嘆息，說道「呼……真拿你們沒辦法」。

「我就特例把我的必勝筆記借給你們吧。只要仔細研讀，不論什麼樣的笨蛋應該都能及格……」

喔喔！竟然有這種筆記！太棒了！

「謝謝你，黑戰士！」

「太感謝了，龍翔院凍牙大人！」

看著其他人歡欣鼓舞地撲過來，中村同學露出諷刺的笑容，回答「哼……你們就好好感謝我吧」。

中村同學的筆記把所有重點簡單扼要地整理了出來，真的很好懂。多虧這份筆記，我古文這科也順利過關。

只不過——

「野田！高嶋！我明明把這份筆記借給你們了，為什麼還會這樣！」

「因為實在太不湊巧，nico 生放送正好在重播全套的『刀劍戰隊』……」

「剛好『罐隊收集』出了新活動……」

面對中村同學的滔天怒火，野田同學和高嶋同學越縮越小，看來應該又是不及格了。

誰叫他們怎麼樣都認真不起來呢……

永恆冰霜暴雪擊!!
永恆冰霜暴雪擊!!

第四章

站在我的背後是很危險的

廚病激發BOY

七月中旬的午休時間，我來到三樓樓梯轉角處的自動販賣機買飲料。

「……好苦……」

正好和一邊低聲抱怨一邊皺著臉的高個紅髮男生遇個正著。

呃，九十九同學。怎麼辦，要回去嗎？

才剛開始猶豫，對方似乎也注意到了我的存在。

「呀，這不是聖同學嗎？」

他露出悠然自得的微笑，舉起拿著罐裝咖啡的手跟我打招呼。

「──站在我背後是很危險的，建議妳別這樣做喔。」

「……？」

這人在說什麼？

總而言之，既然他向我搭話了，我就不能假裝沒看到。

「那是黑咖啡？」

「對啊，罐裝咖啡除了黑咖啡以外，其它都是不能喝的玩意。加進一大堆砂糖和乳化劑，把原本的香氣和味道都糟蹋掉了。」

九十九同學一副置身事外似地表示意見……可是剛剛看到的反應是覺得很難喝吧？果然是個怪人。

趕快把要做的事做完回去吧……我邊想邊快步走近自動販賣機，結果他再次出聲叫住我。

「欸，妳為什麼要跟那些傢伙混在一起？」

「那些傢伙……你是說野田同學他們？我並沒有跟他們混在一起。」

「原來如此，妳只是被他們糾纏而已嗎……」

我心裡並沒有湧現出「第一次有人理解這一點！」的喜悅之情，因為九十九同學的說話方式讓人覺得不太舒服。

「那些傢伙真的是一群笨蛋對吧？假裝自己是正義伙伴，或是誤以為自己長得帥，還有一個是暗黑神？腦袋真的很有事。」

「……我不否認他們的確很笨，而且腦袋也確實很有事。」

臉。

碰咚！瓶裝綠茶應聲掉了下來。我拿出綠茶，面無表情地看向九十九同學的

「不過最丟人的，應該是什麼事都不知道，卻擺出一副高姿態偷偷說人壞話，誤以為自己很了不起的人才對吧？」

我冷漠地說完這番話，九十九同學立刻瞪大眼睛，似乎相當驚訝。

「……啊哈哈哈哈哈！」

然後馬上張開嘴巴愉快地大笑出聲。怎麼回事?!

「嘴巴挺厲害的嘛，聖同學。難怪……妳有辦法一直和那群蠢到極點的笨蛋來往。」

九十九同學一邊鼓掌，一邊用嘲諷的笑容說出這些話。

「有什麼好奇怪的？」

「——一點都不奇怪。」

語畢，九十九同學整個人驀然變了。

向下俯視的眼神依然不變，但他換上更加生硬、冷酷的表情，吐出一句話。

「我都快無聊死了呢。這種世界……讓人想把一切都毀掉。」

……果然最好的做法就是不要跟他扯上關係。

我做出判斷後準備離開，然而九十九同學把手重重按在自動販賣機上，擋住了我的去路。

「真的很讓人火大啊。」

低沉的說話聲，落入全身僵硬的我耳中。

「看著那些根本不懂異能的真正恐怖與孤獨，卻還興高采烈的傢伙們——」

「……?!」

我不由自主地屏住呼吸，抬頭看了過去，只見對方如同爬蟲類般的雙眸近在眼前，微微瞇了起來。

「——你們就好好享受這段和平的日子吧。」

「…………」

這時，一道熟悉的響亮聲音打破了彷彿結凍般的空氣。

「粉紅戰士！」

我莫名地感到如釋重負，呼地吐出一口氣。

「英雄們登場了呢。」

用取笑的口吻說完後，九十九同學輕巧地走上樓梯，離開了此處。

「粉紅戰士，發生什麼事了？」

快步衝來的野田同學一看到我的表情，臉立刻繃了起來，低聲吼著「那傢伙……！」

他就這樣握著拳頭準備去找九十九同學算帳，但我大喊「等等！」並拉住了他。

「他沒有對我做什麼奇怪的事。」

「——但也不是什麼都沒做吧？妳臉色很差耶。」

「到底發生了什麼事，聖瑞姬？」

跟在野田同學身後的高嶋同學和中村同學也一臉訝異地表示關心，我這才發現自己其實相當動搖。

「我只是有點被嚇到而已……」

我們在附近的長椅坐下，把剛剛九十九同學變臉之後說的話告訴他們。只見三人同時震驚似地瞪大了眼，表情變得越來越嚴峻。

「上次浮士德那件事也是，那傢伙的態度真的很奇怪。」

高嶋同學也連連點頭，贊成中村同學的意見。

「應該說那傢伙給人的感覺一直都很差。每次遇上他，他都會莫名其妙地過來找碴。」

「——球季大賽時，不是有個籃球框架差點壓到粉紅戰士嗎？」

叉著雙手的野田同學表情嚴肅地看著我們。

「還發生過這種事？」

野田同學先對中村同學點了點頭，然後說出超級驚人的話。

「我猜九十九可能是異能者，之前的事件是為了想打倒粉紅戰士才做的。」

…………啥？

「你又來了……」

雖然我對他露出了苦笑，心裡想到的卻是那個事件發生時，九十九同學臉上意味深長的笑容。

不不不，可是，不可能……對吧？

「我也有同樣的感覺。」

連高嶋同學也跟著表示。

「其實啊……那個框架倒下來的時候，我好像看到框架出現了不自然的晃動。」

「……?!」

「具體來說，是倒下來時在半空中停了一下，然後再繼續往下倒的感覺——」

「……一定是你看錯了，異能什麼的根本不存在吧？」

我一邊斥責自己微微騷動的心跳，一邊這樣說。但其他人卻是前所未有的嚴肅。

「搞不好連卡拉ＯＫ包廂那杯酒也是九十九偷偷換的。」

高嶋同學指出這一點，讓我再次吃了一驚。

「為什麼要做那種事？」

「故意找麻煩啊。……不對，聖那一天吃了感冒藥對吧？如果九十九早就知道這件事的話……」

「服用感冒藥的時候若是飲酒，可能會引發意識不清、呼吸困難等症狀，有時甚至會危害生命。」

中村同學強而有力地指出這點，現場的緊張情緒變得更高昂。

「再怎麼說也不可能吧……為什麼九十九同學會知道我感冒？」

「妳那時不是偶爾會打噴嚏嗎？而且他也有可能是心靈感應者。」

「還心靈感應呢……」

看著認真回應的高嶋同學，我半無奈地出言附和，但是這群中二男生已經徹底朝著那個方向開始亂哄哄地討論起來。

「難不成那時候放貓攻擊浮士德的人也是九十九？」

「啊啊，那時候我的探照光線肯定是感應到九十九的邪惡之氣了。九十九這個人——說不定是『組織』的爪牙。」

「也有可能是因為與生俱來的異能而遭受迫害，因此開始憎恨人類的『孤獨的能力者』。」

聽到此，雖然我心裡暗想這種事怎麼可能……

但我也有那麼一點點動搖了，有種「搞不好真的是這樣」的感覺。

——「真的很讓人火大啊，明明根本不懂異能的真正恐怖與孤獨。」

九十九同學在我耳邊低聲說的話，依然在我腦中某個角落迴盪。

「我們必須查出九十九到底在計畫什麼。」

因為野田同學的建議，我們決定下課後一起跟蹤九十九同學。

九十九同學好像是從有點距離的地方搭電車上下學。

「我跟九十九班上的人打聽過了，那傢伙不跟任何人往來，所以沒有人知道他的詳細情形。雖然不難約，但是因為態度很差，所以最近都沒有人找他了。」

我們一邊聽著高嶋同學的說明，一邊隔著車廂連結處的窗戶緊盯隔壁車廂的九十九同學。

「我有聽過傳聞，他好像是某間歷史悠久的大神社的繼承人。」

一聽到中村同學的補充，野田同學立刻瞪大眼睛喊了聲「什麼?!」。

「神社的小孩……不會有錯，九十九是靈能力者。」

「不不，你太快下判斷了吧！」

我二話不說直接吐槽，但野田同學一臉認真地搖搖頭。

「太天真了，粉紅戰士。妳可是好幾次都差點被那傢伙殺掉哦。」

「就說那只是你們的妄想……首先，關於卡啦ＯＫ的酒，就算那是九十九同學點的，店家也不可能送來吧？因為他未成年啊。所以應該是店員不小心搞錯——」

「如果讓店員犯錯的人正好就是九十九呢？操作人心——這能力雖然不好對付，但是對我龍翔院凍牙來說是沒有用的。見識過太多地獄，我的內心早已凍結了……」

「九十九自己也有可能是被過去沒能給予最後一擊的惡靈操縱。」

「就是說啊！粉紅戰士，妳還沒有覺醒，真的開始作戰的時候妳要記得躲在我們後面。」

……不行，不管再怎麼用常識來開導他們都沒效……

九十九同學總算下了車，但他忽然以驚人之勢地衝上手扶梯。

「糟了，被發現了嗎?!」

野田同學他們臉色大變，趕緊追上去。

衝上手扶梯的九十九同學筆直地衝進站內廁所。

過了一會兒，他一臉清爽地邊用手帕擦手邊走出來。

……看來只是突如其來的便意。

躲在柱子後面的一群人通通沒了力氣。

另一方面，九十九同學往時鐘方向看去，表情瞬間扭曲，再次快步走了起來。

他前進的方向是另一輛電車的不同月臺。

時刻表上顯示的發車時間正好就是現在。會因為時間沒抓好，所以錯過轉乘的電車嗎……？

我才剛萌生這個念頭，下了月臺一看發現電車還沒開。九十九同學和我們走進車廂，等了一小段時間後，電車才啟動。

『因為車輛檢查的關係，發車時間延誤了兩分鐘左右。非常抱歉造成各位乘客的困擾。』

九十九同學聽著車廂內廣播，嘴角不懷好意似地向上揚起。

正把視線集中在他身上的野田同學他們驚呼「難不成……！」倒抽一口氣。

「這也是九十九的力量？」

為了縮短等待下一班車的時間所以讓電車暫停？也太沒耐性了吧！

後來九十九同學又轉了一次車，在我們至今不曾停留過的站下車了。

「是那一間神社嗎？」

野田同學手指著山上，那裡確實有道長長的樓梯和看似朱紅色鳥居的東西。

九十九同學朝著那個方向前進。我們四人互看一眼，點頭之後繼續跟蹤。

戴著耳機走在回家路上的九十九同學，目前還沒有任何可疑的行動。

然而野田同學他們的表情卻變得越來越嚴肅。

「你們有注意到嗎？」

「那當然。九十九走過的所有紅綠燈，從剛剛開始就一直都是綠燈。」

「王八蛋，那傢伙連紅綠燈都能操縱嗎……」

「只是普通的偶然吧！你們的妄想請適可而止好嗎。」

真要說的話，每次他快回頭時就匆忙跑到東西後面躲起來的我們，看起來更可疑吧。嗚嗚，路人的目光刺得我好痛……！

而且，如果九十九真的會心電感應，那應該早就發現我們了吧？

雖然一開始是不小心順勢跟著他們一起行動，但我到底在幹嘛啊……

原本以為九十九同學是朝著神社前進，但他在住宅街上走著走著，忽然轉進一間面對馬路的獨棟房子裡。

「?!」

屋瓦相當老舊，穿插在其中的新屋瓦非常顯眼，看得出來是屋齡極大的日式風格矮房。

「我回來了——」

九十九同學的聲音加上門牌上面的「九十九」文字，相信這裡確實就是他家，不會有錯。

「大神社……？」

雖然疑惑，但大家還是躲在樹籬笆後面從隙縫偷看。偷窺是不好的行為，不過都已經來到這裡，就這樣空手回去實在太空虛了……真的很抱歉！

簷廊這一側的窗戶全都是開的，可以把裡面看得一清二楚。

「好慢，你在摸什麼魚啊！」

「媽媽說今天會比較晚回家，零要負責煮飯喔。」

「我想吃漢堡排，不過最近正在減肥，所以要豆腐漢堡排。」

大喇喇地坐著打電動、看雜誌、靠著椅子塗指甲油的三名女性接連朝著九十九同學發話，只見九十九同學的表情嚴重痙攣起來。

「偶爾也換姐姐們做晚餐嘛……啊啊，又把衣服亂丟成這樣……」

「「「啊？你對姐姐有意見嗎？」」」

被三個姐姐同時狠瞪，九十九同學低下頭小聲回答「……沒什麼」然後默默撿起滿地的衣服和襪子。

……這跟他在學校裡的傲慢言行完全是不同一個人。

「哥哥，你回來了——！」

「來玩來玩～！」

「嗚呃！」

兩個看起來還在就讀幼稚園的男孩和女孩，飛撲到剛撿完衣服準備站起來的九十九同學背上，他馬上失去平衡地撲倒在地。

「不是跟你們說過不要突然撲上來嗎！我很忙。是說美琴呢？」

「小美出去玩了嘛。欸，我們來玩撲克牌——」

「扮馬給我騎～」

「話說，零你今天早上忘記倒垃圾了對吧？味道很臭，記得今天之內拿去隔壁鄰里丟掉。」

「口好渴——零，幫我倒茶。還有我想吃百琪巧克力棒，去買回來。」

「咦咦？我才剛到家耶？」

「囉哩囉嗦的煩死了，快點去買！」

「好的……」

最後九十九同學垂頭喪氣地走出玄關，赫然發現我們一群人站在外面發楞，嘴巴頓時張大到合不起來。

「你……你們……」

他的臉頰不斷抽搐，整張臉瞬間變得通紅。

「——竟然有辦法找到這裡來，真是耐心可佳啊。」

看著九十九同學叉起雙手，抬高下巴，試圖挽救似地露出跟平常一樣皮笑肉不笑的笑容。

「「「……嗯……那個……對不起。」」」

我們所有人都低頭表達歉意，九十九同學馬上抱頭大喊「不要道歉！！」

「啊、對對，我們沒看到。九十九，我們什麼都沒看到喔！」

「嗯，我會對這裡所有人施加『記憶消除』咒語，你放心吧。」

「其實這樣好感度反而有提升吧？你也真是辛苦了……」

「就是啊，該怎麼說呢……請加油！」

「住口——不要用那種同情的眼光看著我——！」

大家努力打著圓場，但似乎只有反效果。九十九同學眼中含淚慘叫起來。

「可惡，竟敢把我當成笨蛋……」

九十九同學呼地一聲吐出一口長氣，表情冷酷地掃視我們。

「看來……非得讓你們嘗點苦頭才行了……」

「……?!」

查覺到氣氛的變化，野田同學他們不由自主地擺出架式。

就在此時。

「啊——小美的哥哥！」

一個稚嫩的聲音傳來，所有人應聲回頭，馬路對面有個剪了妹妹頭的小女生正用手指著九十九同學。

她身後還有另一個綁著兩條辮子、不斷啜泣的女孩。

她們兩個應該都是低年級的小學生吧。

「啊，千帆妹妹。美琴……怎麼了？」

九十九同學像是喊暫停似地舉起單手，這時辮子少女一邊哭喊著「哥哥——」一邊抱住了他。

頂著妹妹頭的千帆妹妹開始說明。

「最近聽說稻川神社在鬧鬼，所以我們剛剛和學校同學一起去找了。」

「稻川神社？」

高嶋同學表示疑問，於是千帆美妹指了指山上那間從車站就能看到的神社。

「然後我們走到神社後面的森林裡，那邊真的有東西發出窸窸窣窣的聲音，樹上還有一雙眼睛，發出了好大的光！」

千帆妹妹雙手緊握，表情認真地說著。

「所以大家就哇——地全部跑掉了……」

「原來如此……妳一定很害怕吧。」

九十九同學把手放在美琴妹妹的頭上，但她卻用力地左右甩頭。

「才不是呢！雖然真的很怕……可是還有其他事。跑掉的時候，小兔兔好像被我弄掉了。本來一直都在這裡的……」

似乎是把別在背包上的兔子掛飾弄掉了。

可是美琴妹妹應該已經怕到不敢回去神社了吧？

「哥……怎麼辦？小兔兔會不會被妖怪吃掉？」

「——沒問題的！」

有人用強而有力的口吻回應眼淚直掉的美琴妹妹——是野田同學。

「我們馬上就會把小兔兔救回來的！對吧，九十九！」

他用力摟住九十九同學的肩膀，九十九同學大驚失色地反問「咦？什麼？我也要去？」

「話說那是你妹吧！」

「雖然非我所願，然而在稚子的眼淚面前自然必須吳越同舟，暫時停戰改為互相合作才對。」

高嶋同學和中村同學也跟著圍了上去，九十九同學皺成一團的臉雖然寫滿了疲憊，但還是說了「……ＯＫ」。

「好，美琴，我跟這些手下一起去找小兔兔——」

「誰是你手下啊！」

九十九同學無視高嶋同學的吐槽，他交給美琴妹妹一些零錢，繼續說了下去。

「妳用這些錢去買百琪巧克力棒回來。」

……………真的無法反抗姐姐們呢，九十九同學。

「等等，為了以防萬一，我們準備一些裝備吧。」

前往神社的途中，野田同學邊說邊走進一間再普通不過的超市。

他買了食鹽和蒜頭。

「我知道食鹽可以當成淨化用的鹽，但蒜頭……」

「我們不知道是什麼種類的幽靈啊。」

野田同學正在分發物品的時候，九十九同學嘲弄似地「哈！」了一聲。

「真是蠢斃了……真正的惡靈怎麼可能會被這種東西擊退？」

「那麼九十九的靈力有辦法應付嗎？」

被野田同學無比認真地反問，九十九同學先是訝異似地瞬間睜大雙眼，隨後意味深長地揚起嘴角回答「你說呢？」

「不過我可以先給你們一個忠告。外行人最好不要隨便亂來。」

這種說法，彷彿在說自己並不是外行人……？

稻川神社位在綿延不絕的漫長石梯最頂端。

「哈啊……真是的，為什麼我非得在這種事情上付出這麼多勞力啊。」

「就說那是你妹妹啊。」

九十九同學一邊擦著額頭上的汗水一邊抱怨。出聲回應的高嶋同學則是一臉厭煩。

「話說，你家到底有幾個兄弟姐妹？」

「大姐、二姐、三姐、我、妹妹、弟弟、小妹，總共七個，有意見嗎！」

看來是女系家庭。不過現在這個時代生七個孩子，實在厲害。

「你們家可以組一支棒球隊了耶。」

「哈，這話我已經聽膩了。」

「喂，黑戰士！」

輕鬆領先所有人的野田同學站在好一段距離之前回頭俯視著我們，大聲喊叫。

「沒問題吧——？」

「唔……這個樓梯……是被下了……『無限迴廊』的詛咒嗎……呼、呼！」

汗如雨下、上氣不接下氣的中村同學落後所有人一大截。

為什麼看起來比身為女生的我還累啊……

「龍翔院，你該不會已經沒力了吧？」

面對高嶋同學的質疑，中村同學「哼……」了一聲，硬是擠出一個微笑。

「你忘了嗎？我的兩手……都戴了七十公斤的拘束器……呼、呼……」

那你拿下來不就得了？

——這麼殘忍的吐槽還是別說的好……

總算攀完石梯，眼前出現一座紅色鳥居，通往神社境內。

我看了看手表，確認現在是四點四十五分。這個季節的太陽應該還要好一段時間才會下山，但天空早在不知不覺中被灰色的烏雲籠罩，天色變得有些昏暗。

我們沒有走向看似歷史悠久的古老神社社殿，而是踏入了美琴妹妹她們前往的後山森林。

蓊鬱茂密的森林裡，周圍變得更暗，視野也很差。

白天的陽光大概都無法穿過這些樹木，裡面的氣溫低得嚇人。

空氣像是層層糾纏在一起似地沉重異常，再加上潮濕泥土和樹葉的氣味，讓人莫名有種呼吸困難的感覺。

「這樣子……就算真的有受到詛咒、罪孽深重的怨靈徘徊，也一點都不奇怪啊……」

中村同學的聲音透出一股緊張感。對此，九十九同學裝模作樣地聳了聳肩。

「哎呀呀，你們剛剛的氣勢到哪兒去了？」

「九十九同學不怕嗎？」

「我的感應力很強啊，我感受不到這裡有半點那方面的氣息。」

「是嗎，真是可靠！那我們就放心前進吧！」

對九十九同學深信不疑的野田同學才剛開始加快腳步，

「啊啊，不過！」

九十九同學看似驚慌地攔下了他。

「這裡這麼暗，如果沒有手電筒之類的東西根本沒辦法搜索吧？而且天氣也怪怪的……今天還是先算了。」

「那怎麼行！我們已經跟美琴約好帶小兔兔回去了。」

野田同學堅定地說完，再次邁開步伐。

「大和，你不要一個人走得太前面，要是走散就麻煩了。」

高嶋同學出聲提醒野田同學，表情看來十分僵硬。中村同學也是，乍看之下似乎很冷靜，但是眉頭出現深深的皺紋，眼中也充滿著不安。

雖然看不到走在後面的九十九同學，不過我猜除了粗神經的野田同學外，其他人應該都很害怕吧……我也想盡快離開這裡。

這裡的氣氛，實在太詭異了……

一陣溫熱的風忽然吹過，九十九同學「噫」地發出慘叫，抓住了我的肩。

嚇、嚇死我了！

「九十九同學，只是風而已。」

我邊說邊試著壓下擊鼓似的心跳，而九十九同學則是露出不懷好意的笑容，放開了我。

「我當然知道，只是想嚇嚇妳。」

這人的個性真的有夠糟。

「不然我們來說些什麼吧？」

高嶋同學提議道。

野田同學和中村同學也跟著附和同意了。

「……要是在這種森林的深處死掉，應該很晚才會被發現吧……」

「這麼說來，我小時候曾聽過神社內部發生集體霸凌、造成一隻可悲羔羊犧牲的事件。那到底是哪裡的神社呢……？」

「你們還是別說話了！」

「……那些傢伙實在笨到不行。」

九十九同學這麼說完，再次緊緊抓住我的肩膀。

呃，我說啊，有點痛……

在極其惡劣的視野當中，我們一邊緊盯地面一邊戰戰兢兢地前進——

「找到了！」

九十九同學喜不自勝的聲音響起，所有人如釋重負地呼出一口氣。

路邊確實掉了一個手掌大小的可愛兔子吊飾。

「果然還是只有我才找得到東西呢。」

他洋洋得意地說完，伸手撿起兔子吊飾。但他一抬頭就發現前方似乎立著某個東西的影子，馬上怪叫一聲「嗚噫呀！」後坐倒在地。

那是一對狐狸雕像，旁邊還有一座小祠堂。

山裡有這種祠堂其實並不稀奇，但是在昏暗光線下出現的狐狸雕像，看起來真的非常有那種氣氛……好可怕。

……咕嘟。就在我忍不住吞下一口口水的時候。

沙沙沙沙！

旁邊的樹叢忽然大力搖晃起來。什、什麼?!

同時「呀啊啊啊啊啊啊啊！」的慘叫聲跟著爆發。九、九十九同學？

「對不起對不起對不起！不要詛咒我啊啊啊啊啊！」

九十九同學放聲大叫，一溜煙地衝回剛剛走來的方向。

——腳程超快！

當我們還震驚於九十九同學逃跑速度之快時，詭異的聲音徹底消失了。

「……結果那傢伙到底是怎樣？」

「感覺不像是靈能力者或是擁有異能的人耶。」

事到如今，就連野田同學他們也開始冷靜思考九十九同學的真面目了。

「他明明說了『你們就好好享受這段和平的日子』之類像是幕後黑手的話來

挑釁我們……所以他只是故意做出那些讓人誤會的舉動嗎？」

……嗯，差不多就是這樣吧。

也就是說，九十九同學只是想讓自己看起來跟其他人不一樣的中二病患者而已。

所以才故意演出敵方角色的感覺？真是有夠愛嚇人……

「先不說這個，剛剛在草叢裡發出聲音的東西是……？」

「傳聞裡的妖怪？」

「大和！不要這麼乾脆地講出來！一定是野生狸貓之類的動物啦！」

我們一邊冒著冷汗一邊壓低聲音小聲討論。這時，中村同學呻吟似地低喊了一聲。

「……那個……是什麼？」

我們戰戰兢兢地朝著中村同學指的方向看去，呼吸瞬間停止，全身凍結。

眼前是一棵枝葉被風吹得沙沙作響、發出詭異聲音的大樹。

然而那棵樹上——有一對眼睛。

在黑暗中閃閃發光的金色眼睛……

「…………！」

隨後。

咚……咚……咚……

踐踏著泥土與落葉的沉重腳步聲，從我們的後方持續逼近。

我的胃部徹底變得冰涼，全身爬滿雞皮疙瘩。

身體僵硬，動彈不得。

討厭，那是什麼？有東西正在接近？

那個聲音，已經來到伸手可及的地方，就在我們的正後方——

一個粗啞的聲音撼動著我們的鼓膜。

「終於……找到了……！」

「…………！」

我使盡全身力氣猛然轉身，雷光瞬間閃過，照出一個巨大的黑色光頭剪影。

那個黑影的肩膀上，躺著全身癱軟的九十九同學……！

「出現了——！」

「臨・兵・鬥・者・皆・陣・烈・在・前——惡靈退散！」

「呀啊——！啊——！啊——！」

「看我把你打飛到宇宙的盡頭！」

高嶋同學和中村同學瘋狂撒鹽，我則是拚命丟出蒜頭。野田同學抓準敵人微微卻步的空隙，給了對方一記飛踢。那巨大的身影發出一聲低吼，邊呻吟邊跪倒在地。

同時，九十九同學的身體也砰地一聲掉落地面。

「知道厲害了吧，妖怪滑頭鬼！」

「……誰是滑頭鬼啊，這群臭小鬼！」

對方一臉憤怒地抬起頭來。仔細一看才發現他不是妖怪，而是一個身穿袴裝、體格高壯的男性。

「我是這間神社的宮司！」

「咦？那九十九為什麼……？」

「他突然衝到我面前，一看到我就自己暈倒了。這傢伙從以前就是只會說大話但是膽子超級小的臭小鬼，想不到一點都沒變啊……」

稻川神社的神主先生一邊拍掉身上的鹽巴，一邊無奈嘆氣的同時，九十九同學「嗯」了一聲，恢復意識。

「哎？……我……噫噫噫！滑頭鬼！」

「就說不是了！」

「……哎呀……？啊，是神主大叔……」

九十九同學一看到神主先生的身影就慘叫出聲，但是看到我們圍繞在身邊，便漸漸恢復了冷靜。

「如果是住持我還能理解，為什麼神主會剃光頭？」

聽到高嶋同學的吐槽，神主先生露出帶著微妙殺氣的笑容。

「——神主禿頭是有什麼問題嗎？」

「不不不完全沒有！」

「那『找到了』是說誰……？」

「是那個傢伙。」

為了幫野田同學解惑，神主先生向前一指，正好是剛剛出現發光金色眼睛的那棵大樹。

仔細觀察後發現樹上有個樹洞。

而樹洞裡完整容納著一隻看起來相當眼熟的三色肥貓。

「班傑明?!」

九十九同學驚呼出聲，貓咪隨即「喵~」了一聲，走到九十九同學身邊。

「……喔，原來是你的貓？」

看著九十九同學抱起班傑明，神主先生低聲說出這句話。就在我覺得他好像話中有話時——

滴答！有個涼涼的東西打溼我的臉頰。

咦……？

抬頭一看，水珠正在接二連三地落下，轉眼間就變成了大雨。

騙人，驟雨嗎?!

「先回社務所吧！」

神主先生率先開路，我們也慌慌張張地跟著跑。

連茂密的樹葉都擋不下來，讓人忍不住想笑的滂沱大雨。

拜託，饒了我吧——！

社務所指的好像是神社的事務所。正面是販賣御守、繪馬和抽籤的地方，後面則有兩個榻榻米房間，也有衛浴設備，類似休息處。

因為全身被雨淋得溼透，只好跟神社借用毛巾和衣物。

想不到我竟然有穿成這樣的一天……我邊想邊在浴室換上乾淨衣物，來到男生們聚集的榻榻米房間。

高嶋同學「喔喔！」地大叫，眼睛閃閃發光。

「聖，這樣真適合妳！」

——神主先生出借的衣服，是正月打工人員穿的白色和服和緋紅色袴裙的巫女裝扮。

「超可愛的！」

「什麼……」

被高嶋同學充滿熱情的眼神注視，又聽到他說出這種話，我的臉忍不住燙了起來。

「果然巫女服就是要配黑髮啊——妳隨便說幾句關西腔來聽聽唄。」

「啊？為什麼是關西腔？」

「因為『AI Live！』的小沙希就是這樣啊。」

「……絕對不要。」

我頓時清醒過來。

順帶一提，他們也都換上了白色和服和深藍色的袴裙。

這小小的COSPLAY感似乎引爆了中二病男生們的情緒，野田同學一邊說著「飛天御劍流……九頭龍閃！」一邊揮舞無形的刀子；中村同學則是擺出傲慢的表情高聲吟唱「破道之九十『黑棺』！」

動作真是行雲流水啊……

這片混亂中，只有九十九同學一個人坐在房間角落摸著貓咪，眼睛看往不同方向。

「粉紅戰士，怎麼了？」

「沒什麼，只是覺得九十九同學看起來好像不太開心。」

我輕聲回答，心想雖然是他自作自受，但感覺還是有點可憐。野田同學順著我的目光看去，沉默地望著九十九同學。

最後他踩著大步走近，把手搭在九十九同學的肩膀上。

看著對方瞪大眼睛回過頭來，野田同學露出微笑，以清澈無比的眼神這麼說。

「你其實很想成為我們的伙伴吧……紫戰士。」

「…………啥？」

九十九同學的嘴巴大張。

「——你、你在說誰啊！怎麼可能！」

雖然他滿臉怒容地大聲否定，但野田同學只回答「坦率一點吧」，完全不理會他的抗議。

「原來如此，這就是所謂『多看我一眼』類型的人嗎……」

中村同學恍然大悟似地點頭。

「三次元的傲嬌真的很煩，勸你別再這麼做了。」

高嶋同學也滿臉無奈地提出忠告。

「就說了不是這麼一回事！」

儘管九十九同學漲紅著臉拚命反駁……

「這樣我們就湊齊五個同伴了！」

野田同學滿心歡喜地這麼說。

才剛說完，紙門猛然大開，神主先生在門後現身。

「——喔喔，那你們要跟同伴一起加油喔。」

神主先生露出深不可測的笑容，邊說邊把掃把、抹布等工具分發給一時愣住的我們……這是什麼意思？

「那隻貓把我們後面的田地搞得亂七八糟啊……我不會說『飼主給我賠償！』這種話，不過至少要幫忙打掃神社。」

「呃……！」

九十九同學整張臉皺在一起。他旁邊的高嶋同學戰戰兢兢地發問。

「那個，為什麼連我們也……？」

「是誰把人當成妖怪，又是撒鹽又是丟大蒜，最後還飛踢人的？」

「「「…………」」」

被他這樣狠狠盯著看，所有人都不敢再多說什麼了。

不知不覺中，大雨已經完全止歇，天空甚至掛著一道彩虹。

景色清新到讓人懷疑剛剛那場大雨是否真的存在。雖然驟雨就是這樣，但實在是帶來太多麻煩了……

太陽開始逐漸往西方傾斜。背對陽光的我一邊嘆氣，一邊拿抹布擦著小祠堂的牆壁。正在附近洗抹布的九十九同學的聲音飄了過來。

「所以鬧鬼的傳聞其實是班傑明搞出來的吧？正如同我的感應能力所說，這間神社裡沒有幽靈。」

神主先生看了沒學到教訓的九十九同學一眼，意味深長地笑了。

「這個嘛，你說呢？」

「……咦……？」

九十九同學的表情立刻僵住。他身旁的中村同學揚起嘴角，開口說道。

「我想……這裡原本確實是魑魅魍魎的巢穴，但是惡鬼們畏懼我封印在右手裡的邪神吉爾迪巴蘭，於是紛紛逃離……應該就是這樣。」

這邊也是正常運作中呢，唉唉……

「——小姑娘也很辛苦啊。」

神主先生對我拋來這句話，我立刻重重點頭表示「沒錯」。

「我一直被他們耍得團團轉。」

「……啊啊，我不是那個意思……」

……不然是什麼意思？

神主先生用他彷彿看穿一切的眼神，低頭凝視眉頭深鎖的我，接著又說。

「如果發生了什麼事，我會陪妳商量的。」

「……我不知道你在說什麼。」

我有點困惑地回答，而神主先生則用平靜的表情點頭回應「那就這樣吧」。

然後他大吼一聲「喂——你們給我認真做事！」，朝著正準備用掃把玩擊劍遊戲的野田同學和高嶋同學衝了過去。

「……感覺他比九十九更擅長讓人胡思亂想呢。」

中村同學似乎聽見了我們的對話，他有些不解地歪著頭。九十九同學則聳了聳肩做出回應。

「他從以前就一直是讓人看不慣的大叔啦——」

「……算了，別在意了。好啦，再不動手，就換我們被罵了。」

神社境內占地遼闊，而且大家一直玩個不停……

當天太陽下山前的一個多小時，我們一邊被神主先生罵得狗血淋頭一邊被他任意使喚，被迫幫神社做了一次徹底的大掃除。

班傑明～～♪

第五章 病情惡化然後就死掉了

「太好了……我終於完成了……！」

我窩在自己的房間角落，興奮地漲紅了臉。

眼前的地板上——是一大片完整的千片拼圖。

大概一星期之前，我們開始放暑假了。

不必去學校＝不必和那些中二病患者扯上關係。所以對我來說，這等於是闊別兩個月的平靜時光再次來臨。

平靜安穩的日常生活萬歲！

難得的長假，就來挑戰看看平常沒辦法做的事！基於這個念頭，我選擇的就是這份拼圖。

每天一點一滴地拼湊，就在剛才終於完成了……

呼呼呼呼呼呼，這份難以言喻的成就感和充實感。

會讓人上癮。

我把付出大量心血完成的作品掛在牆上，獨自徜徉在滿足的喜悅當中。

心滿意足地細細欣賞完每個角落，我開始尋找被我丟到一旁的手機。

哎呀……在哪裡？怎麼找不到。

啊，對了，我洗澡之前一直在看手機，所以是放在更衣處！

回想起來之後我前往回收，發現有三條未接來電。

全部都是高嶋同學打來的。現在是晚上九點……應該還可以回電吧。

有什麼事嗎？我有點疑惑地撥打回去，高嶋同學在聽筒另一頭『喂』了一聲。

「啊，我是聖。不好意思沒接到你的電話。」

『您所撥打的電話可能位在收不到電波的地方或是沒有開機，如果不是可愛的女生就無法接通。請在確認自己的長相後重新撥打，謝謝。』

「…………」

我面無表情地狠狠掛斷電話。

沒過多久，手機又響了。

「……喂。」

『不要不說話就掛斷啊——真是不懂幽默的傢伙。』

「是因為你講了沒禮貌的話吧。」

『什麼嘛，妳以為我聽了幾次無人接聽的語音啊？』

「那一點我很抱歉。所以有什麼事嗎？」

『大和說明天想找大家一起去游泳，聖要不要——』

「不去。」

『別在我講完之前就回答啊……有很多女生喔～像小空良、彌生、小御子還有真由。』

「很遺憾我沒辦法把你的腦內女友們具現化。話說你們的暑期輔導怎麼樣了？」

『昨天結束啦……妳真的不去游泳？』

「嗯，你們好好玩吧。再見。」

『了解。晚安——』

通話結束，我吐出一口長氣，走回房間。

看到牆上的拼圖，臉上再次綻開笑容。

……好，接下來就挑戰看看兩千片吧——！

隔天，我為了買新拼圖而久違地外出……好熱。

自從放暑假以來我就窩在家裡，一直在冷氣的恩惠之下生活，所以更難以忍受盛夏的高溫。

出了車站才走兩分鐘。

我被怎麼擦都擦不完的汗水搞得心浮氣躁，正準備踏進鬧區時——

「粉紅戰士?!」

這突然響徹四方的熟悉聲音，讓我整個人怔住了。

「粉紅戰士是綽號嗎……？」

「為什麼是粉紅戰士？」

「再說那個男生為什麼穿著體操服……？」

身旁路人帶著笑聲的低語鑽進我的鼓膜。

啊啊，乾脆假裝沒聽到，直接走開好了？可是從他們的個性來看，肯定會不死心地追上來叫個不停吧——做出判斷後，我忍不住垂下了肩，慢吞吞地回頭。

「野田同學、高嶋同學、中村同學、九十九同學……」

不出所料，中二病男孩全員大集合。怎麼會這麼不巧撞見他們呢……

「好久不見。你們現在要去游泳？」

我剛拒絕他們的邀請沒多久，感覺有點尷尬所以才問的。但野田同學露出毫不掛懷的笑容點頭。

「啊啊，是射擊訓練。」

說完，所有人唰地一聲同時拿出水槍，擺好架式。

你們看起來很開心真是太好了。

「粉紅戰士要去哪裡？」

「我要去玩具店買拼圖。」

「拼圖……？」

高嶋同學和九十九同學訝異似地圓睜雙眼，下一秒鐘立刻噴笑。

「什麼啊，聖，妳整個暑假一直一個人拼拼圖嗎?!好陰沉！到底有多不起眼啊！」

「真是令人畏懼啊，聖同學……太純樸了……！」

「喂！不准嘲笑別人的興趣！話說我唯獨不想被你們嘲笑好嗎！」

這兩個二次元妄想御宅族和電波系穿搭御宅族！

「黃戰士、紫戰士，粉紅戰士說的沒錯。『興趣無貴賤』，就算再怎麼不起眼，只要本人開心就夠了。」

「誠然。再也沒有比干涉他人興趣更不解風情的事了。雖然我不否認的確不起眼。」

真的有這麼不起眼嗎？雖然我不在意就是了。

「我又沒說不好——如果是去玩具店，到半路應該都同路吧？一起走吧。」

「話說能不能不要叫我『紫戰士』？而且我根本沒聽說過這種顏色的戰隊角色啊。」

「那你想要什麼顏色？」

「問題不在那邊……不過如果你無論如何都要這樣叫，像『銀戰士』或『金戰士』之類有追加戰士感覺的顏色，我倒是可以考慮看看。」

「哼，名不符實。」

「對啊，就九十九一個人耍帥也太讓人火大了。而且『金戰士』應該比較適合像我這種帥哥。」

「『金戰士』是帥哥嗎？」

「感覺會閃閃發光啊。」

眾人一邊說著無意義的對話一邊移動時，野田同學突然「啊！」地一聲大叫出來。

「抱歉，我們去一下那邊的銀行好嗎？我想領錢。」

穿過銀行自動門那一瞬間，全身立刻被涼爽的冷氣包圍，感覺像是重獲新生。

我就是為了這份涼爽才跟他們一起繞過來的。

ATM似乎人很多。趁野田同學排隊等候的這段期間，其他人紛紛跑到等候室坐下休息。

「領錢是領過年紅包嗎？」

「不是，大和從高中開始就是一個人生活喔。因為叔叔從春天開始調職，只有他一個人留下來。」

聽到高嶋同學的說明，我有點驚訝。原來是這樣啊。

這麼說來，野田同學的午餐一直都只吃麵包……

「啊～好期待游泳喔，大家今年會穿什麼樣的泳裝呢……小空良最好是白色比基尼。應該是本人很難為情，但是在小沙希『智樹一定會很開心～』的強烈推薦下才心一橫買下來的感覺？彌生肯定會穿無肩帶泳裝，展現她讓人噴鼻血的好身材；小御子大概會挑充滿少女風格的荷葉邊連身泳裝；真由的話……」

因為高嶋同學前去了妄想世界，我轉頭看往另一個方向，發現中村同學正一臉憂鬱地嘆著氣。

這麼說來，跟另外三個興奮雀躍的人相比，似乎只有他一直興趣缺缺。

「怎麼了？」

「不，沒什麼值得一問的事。」

雖然平常也是面無表情，但今天更是明顯的冷漠。

我還在狐疑的時候，坐在後面的九十九同學奸笑著告訴我實情。

「中村應該是旱鴨子吧。」

「……因為我以前漂流到無人荒島時，不小心吃了禁忌的果實。雖然知道風險，但當時只差一步就會餓死，除了吃下去之外別無選擇……我透過那顆稀有的果實獲得新的能力，同時也遭受海神的詛咒，從此變成不會游泳的體質。」

所以那是什麼惡魔果實？

「你不會用在水中也能自由行動的魔法嗎？」

九十九同學壞心眼地追問，中村同學則是認真地做出回答。

「水魔法……那是我以前的拿手魔法之一。然而海神的詛咒實在太強……我在現世無法使用永恆冰霜暴雪擊，背後原因可能也包括了這一點。冰魔法和水魔法的階級雖然不同，但兩者間肯定有非常緊密的關係。」

真虧你想到這麼多設定。

「魔法和異能這種東西……真的這麼有魅力？」

我無奈地這麼一問，中村同學立刻回答「那當然」。

「超越人類知識的能力，顛覆肉體、年齡和性別等各種障礙的壓倒性力量，那份魄力、神祕性，還有無限的可能性……不覺得靈魂都為之動搖嗎？每次看到漫畫或動畫裡的角色對決，我都會開始模擬如果他們全力發揮各自擁有的特性，想像戰況會如何發展，光這樣想就讓人很興奮了。還有如何應用種類繁多的能力……以及根據地理條件、武器有無，還有雙方屬性產生變化的戰況——」

這人應該是那種平常沉默寡言，可是一聊到他的拿手領域就會忽然變得很多話的人吧……

中村同學一直激動地說個不停，直到最後哼了一聲，露出譏諷的笑容，用一句「不過不管在什麼情況下，最強的人還是我龍翔院凍牙」作結。

「……『最強』啊……」

「你那令人不快的笑容是想怎樣？」

中村同學皺起眉頭，朝九十九同學瞪了過去。

語帶嘲弄地重複別人發言的九十九同學卻只是毫無歉意地聳了聳肩，隨口回答。

「啊啊，抱歉抱歉。我已經習慣露出這個笑容了，大概是在情感方面有點壞掉了吧。」

在稻川神社明明被嚇成那個樣子，還真敢說。

「——死前那一刻，肯定也會一直笑著的。」

九十九同學皮笑肉不笑地低聲說出這句話，讓我真心感到疲憊。

這時忽然響起一陣短促的尖叫聲，隨後跟著出現男子粗啞的吼叫。

「所有人都不准動！誰敢不聽話，我就馬上宰了這傢伙！」

什麼?!我大驚失色地回頭，隨即看到一個頭戴帽子，臉上戴著太陽眼鏡和口罩的男人站在櫃臺邊，用槍指著一個女客人的太陽穴。

他身旁還有另一個同樣打扮的男人，他也掏出手槍指著櫃檯裡的銀行行員，同時把手上的波特包扔到她桌上。

「把所有錢都裝進去！動作快！」

——難道是銀行搶匪?!

事情轉變得太快，我腦中一片空白。

「其他人給我把手機丟到地上，兩手舉起來原地蹲下！要是被我發現誰偷藏手機，我就當場殺掉他！」

對方手上有人質，我們只能照做。

現場所有人都臉色慘白地扔下手機。

「喂！不要慢吞吞的！」

被銀行搶匪連聲催促，櫃臺的女性行員強忍著淚水，把一疊疊鈔票裝進包包裡。

他們的手法雖然俐落，但大概是某個行員趁亂按下了警報器，只聽見警車警笛聲從遠方逐漸逼近。

兩名搶匪的身體重重一抖，貌似相當動搖。

好啦，警察已經來囉。現在這個時代，搶銀行這種事根本不可能成功啦。

快點逃吧！拜託你們快點去別的地方……！

我緊張到心臟都快從嘴裡跳出來，心裡拚命地祈禱——然而持槍對著櫃檯行員的搶匪可能是慌了手腳，只見他忿忿不平地罵了一句「王八蛋！」隨後說出讓我懷疑自己耳朵的話。

「——把所有鐵門都拉下來！」

然後他掃視整間銀行，高聲大喊。

「所有人把手裡的東西放到地上，到大廳中央集合！動作快一點！」

…………這是打算長期對峙嗎……？

緊閉的鐵門外圍，傳來了警笛聲和剎車聲。

銀行行員和客人總計大約二十人通通集合在大廳中央，大氣都不敢喘一口。

「大哥，怎怎怎怎麼辦？」

個子比較小的搶匪一邊用槍指著我們，一邊焦急地發問。另一個身材比較高大的搶匪煩躁地吼了回去。

「吵死了！我正在想！」

嗚哇……感覺腦筋不是很好。

不過這種類型的人一旦衝動起來就不知道會做出什麼事，實在很可怕……

砰！

耳邊炸開一陣刺耳的聲響，銀行裡的監視攝影機被破壞了。是那個大個子搶匪開的槍。

「不要我不想死、神啊快救救我……」

我聽到有人在喃喃自語，轉頭一看發現全身發抖的九十九同學像是在祈禱似地雙手緊握，臉色蒼白，眼中含著淚水。

你不是說自己死前那一刻也會一直笑著嗎……？

我忍不住暗自吐槽，但隨後聽到「砰！砰！」兩聲槍響時，身體不由得縮了起來。

監視攝影機伴著巨響接連掉落地面，大個子搶匪洋洋得意地朝槍口吹了一口氣。

「怎麼樣，我的槍法？」

「大哥……開太多槍會把子彈用光的。」

「吵、吵死了！我當然知道！」

被小個子搶匪冷靜地提醒，大個子搶匪氣急敗壞地扭曲著臉，一把抓起立在角落的刺叉，開始破壞其他監視攝影機。

外面傳來警察用擴音器催促犯人出來投降的聲音……

「——喂，你們已經完全被包圍了。快點放棄，出去自首吧。」

蹲在我旁邊的野田同學向搶匪喊話，但他們馬上殺氣騰騰地把槍口移了過來！

「啊啊？給我閉嘴，臭小鬼！你想變成蜂窩嗎！」

凍結全身的恐懼感，讓我縮起身子。

野田同學，拜託你，不要再多嘴了……！

可能是我的祈禱奏效，野田同學懊惱地閉上嘴，不再看向兩名搶匪。

小個子搶匪負責監視我們，大個子搶匪像是想不出對策，不斷在銀行裡走來走去。

後來其實還有一個貌似銀行負責人的人試著說服他們，但是兩個搶匪根本聽不進去，拿槍對著那個人說「你再多說一個字——」後，打斷了對方的話。

成為人質的我們，也只能提心吊膽地看著他們的動向。

每個人都緊張到臉色鐵青，神情緊繃。

有個看起來還在念幼稚園的小女孩緊抓著母親，淚眼汪汪地全身發抖。野田同學看到她之後，相當痛心地皺起眉頭。

「可惡……離武器太遠了……」

他看向自己放在ATM旁邊的背包，口中喃喃叨念著裡面的水槍。

「抱歉，從剛剛開始右手就在發疼……光是壓抑、就費盡全力了。唔，竟然在這個時候……！」

哈啊、哈啊……中村同學一邊低聲喘氣，一邊懊惱地說道。

你們幾個！這次的對手可不是開玩笑的啊！

真的真的！拜託不要做出任何傻事啊……

「不過，那男人手裡的左輪手槍……通稱戰鬥麥格農的『S&W M19』，跟《魯邦三世》的次元大介所用的槍枝是同一款，不過——」

連這種時候都要分享小知識的中村同學朝小個子搶匪瞥了一眼，隨後輕聲說出下一句話，讓所有中二病男生都瞪大了眼。

「——那是一把模型槍。」

我也同樣大吃一驚。

「……真的嗎？」

「沒錯。剛剛槍口對準我們的時候，我看到槍管裡面有埋螺帽，不會錯的。」

中村同學非常肯定……雖然不是很清楚槍管裡面埋螺帽是什麼意思，不過他自己也有收集模型槍，感覺這方面的知識應該相當可靠。

……可是話說回來。

「另一個人拿的可是真槍喔，還是不要輕舉妄動比較好。」

「……如果能看準空隙，把真槍搶過來的話……」

野田同學皺著眉頭說出了這句話。

我被他嚇了一跳，正打算說出「就說不行了！」來阻止他的時候——

「喂！你們從剛剛開始就一直在說什麼話！」

拿著真槍的大個子搶匪朝我們走來。

「想要一輩子都不能再開口說話是嗎？」

他瞇著眼睛，把槍重重抵在野田同學的太陽穴上。

「……！」

看到瞬間動也不動、連大氣都不敢出一口的我們，大個子搶匪哼了一聲，把槍口從野田同學頭上移開。

呼，太好了……就在我鬆了一口氣的時候。

「啊——」

高嶋同學突然放聲大叫，我嚇到整個人彈起來。

「啊？」

無視於搶匪的凶惡眼神，高嶋同學的眼睛忽然綻放出光采，熱情凝視著某個地方。

他凝視的目標——是大個子搶匪的長褲口袋露出來的美少女人物鑰匙圈。

「這個小空良，不是『AI Live！』剛開始的時候，只能在遊戲中心拿到的期間限定超稀有周邊嗎！」

高嶋同學，都什麼時候了你還……聽到這個的我，差點暈倒。但搶匪竟然也跟著大喊「你知道這個?!」，這讓我又吃了一驚。

「當然當然！真好——好羨慕啊，這個只要出現在拍賣網站上，起價都是好幾萬日幣吧？」

「差不多。不過不管生活再怎麼艱苦，只有這個是絕對不賣的！」

在高嶋同學艷羨的眼神之下，搶匪也露出笑容。

「真熱血！不過我懂你的心情，這個小空良實在太不妙了。」

「啊啊……痛苦的時候，只要一看到這個小空良的笑容，就會覺得自己還能繼續撐下去。」

「了不起！小空良的治癒力真不是蓋的！」

「啊啊，小空良是天使啊！」

竟然在這種地方開起粉絲聚會……?!

當我被這兩個意氣相投的人震驚到目瞪口呆時，野田同學忽然站起身，同時一個迴旋踢，把大個子搶匪手裡的槍踢了出去。

「什麼……！」

趁搶匪大驚失色的時候，野田同學迅速朝著地面上的手槍撲過去，滾了一圈之後起身。

接著，把槍口穩穩對準了大個子搶匪。

「——我們知道另一把槍是假的。老實投降，向外面的警察自首吧！」

他直視著對方，用嘹亮的聲音發出宣言。

……好厲害好厲害，野田同學！簡直像真的英雄一樣！

人質們的臉上也開始出現希望的光輝。

「混蛋……你騙我嗎?!」

大個子搶匪懊惱地瞪向高嶋同學，高嶋同學連忙搖頭。

「我沒那個意思……我是發自內心的小空良粉絲！相信我！」

這人是在解釋什麼東西啊……

「不過你還是別當搶匪吧，小空良會傷心的。」

「……唔……」

「大哥，事到如今，拜託你不要再因為這種話而動搖了！」

小個子搶匪大聲喊話。大個子立刻驚醒似地點頭，以銳利的眼神看向野田同學。

容。

「別說傻話了，小鬼！」

大個子搶匪終於開口說話了。儘管被槍指著，他嘴邊依然帶著嘲弄似的笑容。

「槍這種東西不是一天兩天就會用的。雖然部分原因是需要技巧，不過不只是這樣……你有辦法對人開槍嗎？」

「……我可以。」

野田同學用雙手握著槍托握把，開口回答。

但他的聲音十分沙啞，而且室內明明開著幾乎有點冷的冷氣，他的額頭卻流下好幾道汗水。

野田同學……這也不能怪他，外行人根本不可能對人開槍。

要是開了槍，極有可能害對方受重傷，運氣不好的話甚至可能殺人……就算對方是壞人，也還是會害怕吧。

就連只是旁觀的我都覺得胃痛了。

「──喂！阿康，不要在那邊發呆！」

大個子搶匪突然大吼一聲，小個子立刻丟下模型槍，抓住距離最近的女行員，絞住她的脖子。

手中仍然握著槍枝的野田同學再也不敢妄動。他露出悲傷的表情，凝視那把抵在女行員脖子上的銳利小刀。

「把槍放下！這邊就算死了兩三個人質，我們也一樣不痛不癢！」

「…………！」

小個子搶匪睜著一雙充滿血絲的眼睛大聲怒吼，但野田同學仍然一動也不動。見狀，他舉刀猛然往下刺──

「住手！」

一聲悶響，野田同學手裡的槍掉落地面，刀尖同時也在女行員的脖子前方停了下來。

小個子搶匪一放開女行員，她馬上全身一軟，癱倒在同事身上。

大個子搶匪撿起野田同學扔下的手槍，呼出一口長氣。

嘟嚕嚕嚕嚕嚕……

銀行裡突然響起了電話鈴聲，是從櫃檯桌上傳來的。

大個子搶匪一邊舉槍指著我們，一邊走過去接起電話。

「喂喂？」

他拿起話筒默默聽了一陣子，隨即大吼一聲「吵死了！」把話筒摔回去掛斷。

「大哥？」

「要我們乖乖出去投降……開什麼玩笑！」

應該是警方打來的勸降電話。

嘟嚕嚕嚕嚕……另一個櫃臺的電話響了起來。

「啊——！」

搶匪發狂似地亂吼亂叫，朝著空中砰！地開了一槍。

電話鈴聲中斷，銀行內部瞬間被寂靜包圍。

原本一直用擴音器在鐵門外面喊話的警察，如今也沒了聲音。

狀況已經徹底陷入膠著。

兩名搶匪一直在交頭接耳，但好像討論不出結果。

在漫長的監控與壓力之下，人質也都疲憊不堪。

「我們不能做些什麼嗎？」

野田同學又開始低聲說話。

「放棄吧，大和。雖然心痛，但小空良的粉絲終究還是有壞人的，這就是現實。」

「啊啊，想要打破這個狀況，大概只能使用最終奧義永恆冰霜暴雪擊了。可是那個招式在現世尚未完成……」

都到這個地步了，他們還是一直在說這些莫名奇妙的話……我正被他們搞得有點頭痛時，野田同學卻忽然滿臉發光。

「就是那個！永恆冰霜暴雪擊！只能用那招了！」

「拜託你安分一點啦。中村不是也說那招還沒完成嗎？」

快要哭出來的九十九同學開口插嘴，但野田同學絲毫不退讓。

「沒問題的，大絕招在這種九死一生的危機下最有可能成功！只要我們五人同心協力……對吧，黑戰士、黃戰士、紫戰士、粉紅戰士！」

「唔？」

「欸？」

「什麼？」

「我也算在內?!」

當所有人都因為話題轉移到自己身上而瞪大眼睛時——

「那邊那群臭小鬼，給我站起來！」

突然爆發的怒吼聲，讓我們的肩膀都震了一下。

「小矮子、金髮、四眼田雞、紅毛，還有小姑娘……不是叫你們站起來嗎?!」

搶匪窮追猛打似地連聲怒吼，我努力控制身體的顫抖，緩緩站了起來。

怎麼辦？怎麼辦？我還在努力思索時，中村同學低沉的聲音忽然鑽進耳中。

「至高之巔的熾天使撒拉佛，混沌之首的大魔王路西法，將汝等相對的無盡能量融合，於此下達最終審判，以凍結之冰與風雪之花掩沒萬物。以遠古契約為令，回應吾之召喚——祕奧義！」

野田同學、高嶋同學還有九十九同學都像是做出覺悟般高舉雙手。

等等，你們真的要做?!

「「「「永恆冰霜暴雪擊！」」」」

四個男生的聲音響徹整間銀行。

「…………」

「…………」

「…………」

「…………」

在這段漫長的寂靜裡，所有人都目瞪口呆地看著他們表情嚴肅地高舉雙手，一動也不動。

最後，大個子搶匪開始低吼。

「你們……少開玩笑了！」

「——嗚哇啊啊啊啊！」

可能是被搶匪的聲音嚇到了，小女孩終於忍不住放聲大哭起來。

看起來像是母親的人連忙試著制止，但小女孩的哭聲一發不可收拾。

「吵死了！」

搶匪怒火中燒地高聲叫罵，反而讓小女孩哭得更大聲。

「這個臭小鬼，想挨子彈嗎?!」

「你用這種方法說話，她當然會哭吧！」

野田同學反射性地喊了出來，大個子搶匪的額頭上頓時冒出青筋。

「你這小鬼實在太囂張了！少在那邊做莫名奇妙的事！」

去。

「……！」

咚！搶匪揮出的拳頭重重地打在野田同學的臉上，野田同學整個人飛了出

「大和！」

「你們這些臭小鬼，敬酒不吃吃罰酒……！」

高嶋同學和中村同學正打算衝過去，可是槍口馬上對準了他們，讓他們不敢再輕舉妄動。

「不要太囂張了啊，小鬼們……！」

「啊……！」

「唔……」

兩人接連被搶匪毆打、腳踹，倒地不起，而我只能咬牙看著這一幕發生。

「哇啊啊啊啊……」

九十九同學在我背後縮成一團，試圖隱藏身形……

「——給我過來！」

我還沒反應過來，就被大個子搶匪一把抓住手臂，槍口抵上了太陽穴。

「粉紅戰士?!」

「我不要再死守下去了。就拿這個小姑娘當盾牌，盡可能逃得越遠越好！走了，阿康！」

「知道了，大哥！」

我、我嗎?!

被他們拖著走向出口方向，我覺得自己快不能呼吸了。

「可惡……放開粉紅戰士！」

「聖！」

「聖瑞姬！」

被打得鼻青臉腫的野田同學他們搖搖晃晃地站起來，但是搶匪立刻對他們大叫「不准動」。

「這是最後通牒。你們要是敢跨出一步，這次就真的會開槍了！」

「……！」

看到野田同學他們懊惱地握緊拳頭，搶匪們露出邪惡的笑容，硬是把我推往出口方向。

撲通！撲通！我可以清楚聽到自己的心跳聲。

「……大家，我們再來一次！」

無法自由行動的野田同學所提出的建議是——

「再用一次那招！地球上的各位啊，請把力量分給我……」

野田同學高舉雙手，拚命喊出聲音。

「至高之巔的熾天使撒拉佛，混沌之首的大魔王路西法……」

中村同學也像是虔心祈禱似地再次開始詠唱咒文。

大個子強盜重重啐了一口，抓著我回頭看向大家。

「你們給我差不多一點！真的這麼想挨子彈嗎?!」

「將汝等相對的無盡能量融合，於此下達最終審判，以凍結之冰與風雪之花掩沒萬物……」

響亮的咒文詠唱聲即使遭到威脅也始終不停。這時，高嶋同學也跟野田同學一樣，為了聚集力量高舉雙手。

眼中滿是淚水的九十九同學也像是下定決心似地站起來，做出同樣動作。

「……看來你們真的很想自找苦吃。」

搶匪的槍口對準野田同學，手指扣在板機上。

「粉紅戰士……還有電視機前的大家，一起念吧！」

即使在這種極端狀況下，野田同學還是認真無比。

他是真心相信奇蹟會發生。

——啊啊，好啦！我知道了！跟著做就行了吧?!

「以遠古契約為令，回應吾之召喚——祕奧義！」

準備——！

永恆冰霜暴雪擊
雪—擊—!
orceBlizzarrrrd!!
rrrrrrrrrrrrrrrrrrrrrrrrrrrrrrrrrrrrrd!!
ernalForce
zard!!
alForceBliz rd!!
rrrrrrrrrrrrrrrrd!!
rrrrrd!!!!!!!!!!!
雪擊!

Ete
永－恆－冰－霜－暴－雪－擊
永－恆－冰－霜－
恆 冰 霜 暴
Eterna
EternalForceBlizzarrrrrrrrrrrrrrrrrrrrrrrrr
永恆冰霜暴雪擊！Bl
永 恆 冰
Et
EternalForceBlizzard!!
EternalForceBlizzarrrrr
EternalForceBlizzard!!
EternalForceBlizzarrrrrrrrrrr
永 恆 冰 霜
永－恆－冰
恆 冰 霜 暴

剎那間，周圍捲起聲勢驚人的暴風雪，眼前變得一片雪白。

簡直就像身處異世界一般的急凍光景。

刺入骨髓的寒氣，讓我忍不住縮起身子。

「……?!」

在場所有人都嚇得瞠目結舌。

然而那只出現在一瞬之間。

才一轉眼，銀行裡又恢復成原本的景象。

搶匪們的臉上依然帶著震驚的表情，身上覆蓋著一層硬梆梆的薄冰。但那些冰塊也立刻啪地一聲輕響，碎裂散去。

搶匪們就這樣意識不清地倒在地上。

「…………好厲害——！」

「成功、了嗎……?!」

「欸？真的假的？真的使出了暴雪擊嗎?!」

「騙人……太好啦啊啊啊啊！」

這群中二病男孩先呆了半晌才回過神來，興高采烈地放聲歡呼。

至於其他被當成人質的人們，雖然始終搞不清楚狀況，但他們總算從死亡的恐懼當中解放，表情漸漸緩和下來。

搶匪們似乎只是暈倒，於是銀行行員們從裡面拿出尼龍繩，迅速把他們綁了起來。

銀行鐵門外面擠滿了警察、轉播車和看熱鬧的人。

「真是一場災難啊。」

其他人都因為事件結束的騷動手忙腳亂，而我總算可以在路邊休息。這時，後面忽然有人出聲叫我。

回頭一看，稻川神社的神主先生正露出難以捉摸的微笑，站在我身後。

「沒事吧？不過如果是小姑娘妳，應該大多數狀況都不需要擔心。」

「……你為什麼在這裡？」

「只是剛好路過而已。」

神主先生一邊眺望著被擔架運出銀行的搶匪，一邊愉快地回答。

「——妳使用『力量』了吧？」

嗚嗚，果然被發現了。本來就覺得這人應該已經注意到了，果然不出所料。心裡雖然狂冒冷汗，不過也只有這時會感謝自己反應遲鈍的表情肌。我對著神主先生歪過頭。

「畢竟那個不能在普通人面前胡亂使用啊。『異能』的用途很難掌握……不過妳倒是放手玩了一把呢。」

「你指的是什麼？」

看著死不認帳的我，神主先生叉起雙手，嘆出一口氣。

「真是謹慎的小姑娘。算了，我現在能告訴妳的只有一件事……」

野田同學等人正興奮地對著採訪記者說出事情始末。

神主先生看著他們，接著說道。

「如果是那幾個小子，就算知道妳的真實身分也絕不會把妳視為異端，反而會高興得不得了吧。」

「…………」

「那也是另類的麻煩吧？」

我不由得沉默以對。神主先生哈哈笑了兩聲，翩然離去。

那個人，果然不能小覷……

後來，我們被當成重要關係人帶到警局，詳細交代了整件事情。

中二病男生們各自依照自己的設定，興奮地暢談當時的狀況。只是他們沒辦法重現魔法，最後還是被當成了普通中二病患者的妄想。不過事實上，他們說的情況其實很接近現實。

因為其他人質也有類似證詞，所以警方雖然覺得奇怪，但最後還是做出「被逼入絕境的犯人陷入興奮狀態，因而導致心臟病發作」之類的結論。

……呼，太好了……

走出警局時，我們又被採訪記者們團團包圍。等到好不容易脫身，太陽已經開始下山了。

午餐有警方提供的炸豬排丼，但肚子還是開始餓了，於是我們走進速食店。裡面沒有座位可坐，所以我們外帶到附近公園吃了起來。

「不過話說回來，永恆冰霜暴雪擊真的好厲害啊！」

眼睛閃閃發亮的野田同學這麼一說，其他人紛紛點頭。

「想不到我除了是個帥哥之外還有這種力量，上天會不會太眷顧我了？這樣會太受歡迎啊，真傷腦筋。」

「哼……永恆冰霜暴雪擊的真正力量才不只如此。但是就目前尚未覺醒的狀態來看，算是相當不錯了。」

「我一點都不想成為正義使者，只是純粹看不慣那兩個白痴而已……就是這樣。」

「啊啊，只要我們同心協力，任何事情都不必害怕！」

……大家各自進入自己的世界，對話根本無法成立啊。

這次事件，會不會讓他們的中二病更加惡化？

嗚哇～饒了我吧……

「——沒能去游泳真是太可惜了。」

吃完東西，我一邊收拾垃圾一邊這麼說。中二病男生們立刻瞪大眼睛，隨後同時露齒微笑。

「所有地方都是我們的戰場喔？」

「啊啊，而且附近剛好就有彈藥庫。」

他們豎起拇指朝某處一比，那裡正是公共廁所的洗手臺。

「欸，別這樣啦。搭車回家的時候要怎麼辦？你們會全身溼答答的喔?!」

男生們開始在公園裡打起水槍大戰。我對著他們大喊，而距離最近的野田同學轉頭回應。

「別阻止我們，粉紅戰士。這是我們生為男人的宿命。」

他露出狂妄的笑容說出意義不明的話，隨後又殺進了飛濺的水沫之中。

……啊～啊，不用我說，他們當然馬上就全身濕透。

喂！等等，不要把水濺到我這邊啦！……真是的……

真是一群笨蛋。可是治療中二病的特效藥應該沒有這麼好找……

「吃我這招！終極雷射光！」

「唔！被擊中了！但我不能死在這個地方，我深愛的小空良還在等著我歸去……！」

「哼，抱歉了——將軍，死棋！」

「啊哈哈哈，你們就努力自相殘殺吧，我可愛的操縱人偶們……呀嗚喔！喂！集中攻擊太卑鄙了……」

——唉，不過和這些人在一起，意外地感覺還不錯……吧？

野田

「……咦?!」

原本不經意地朝我看來的九十九同學，不知道為什麼臉變得越來越紅。

「喔……聖瑞姬竟然笑了，真是稀奇。」

「明天說不定會有隕石墜落。」

給我等一下，中村同學、高嶋同學，不要把人講得跟冷血動物一樣啊！

「隕石也好，外星人攻打地球也好，只要有這些同伴在就不會有問題！」

高舉拳頭的野田同學，開朗的聲音響徹雲霄。

「我們的戰鬥才剛開始呢！」

後記

大家好！我是藤並みなと。對我這個熱愛VOCALOID和真人翻唱的人來說，這次真的是「怎麼會對我這麼好！」的工作（笑）。其實我過去曾經私下前往れるりり老師的演唱會。當時在會場上聽到「腦漿炸裂女孩即將小說化」的消息時已經非常震驚，更沒想到兩年後竟然可以接下這份工作……「難道這就是命運?!」所以我執筆時的亢奮絕不會輸給那些中二病男孩。

中二病的症狀和解釋非常五花八門，而我在這部小說中，是把「因為太喜歡虛構事務，以至於真心相信自己也是獲選的某個人物」設定為條件之一。青春期過度發展的自我意識，因為年輕才有的單純、熱情還有狹隘視野等各種事物互相錯綜糾纏到快要出人命，但我認為其根基依然是「愛」。所以就算看起來很有事，還是有種惹人憐愛的喜感。

我也在這部小說裡投入了大量愛情。由衷希望各位能看得開心！如果可以的

話，希望能讓我聽聽感想。我會盡全力回覆的

《廚病激發男孩》的生身父母れるりり老師，畫出充滿個性又帥氣可愛的角色的穗嶋老師，帶來大量靈感和關懷鼓勵，與我一起完成小說的安井編輯，在れるりり老師的事務所工作的各位，校正者、設計者、業務、書店店員，還有編輯部的各位……在此對所有相關人員致上最深的謝意。

一直都在聲援我的家人、朋友和親戚，也謝謝你們。

捎來信件和訊息的各位讀者，您們是我創作力量的來源，是我最大的喜悅。真的由衷感謝。

當然，對於正在閱讀此書的您也同樣獻上最大的謝意。

最後是情報通知。れるりり老師的同名專輯正超好評發售中！請務必搭配音樂一起享受這套作品。下次再見！

藤並みなと

COMMENT

非常感謝大家購買這本《廚病激發男孩》！
將來也請繼續支持我們

『厨病激発ボーイ』買ってくれてありがとうございます！
これからも応援よろしくお願いします
\(^ω^)/

れるりりさんコメント

れるりり

高寶書版集團
gobooks.com.tw

LN001

廚病激發BOY 01

厨病激発ボーイ

原　　案　れるりり(Kitty creators)
作　　者　藤並みなと
繪　　者　穂嶋(Kitty creators)
譯　　者　江宓蓁
編　　輯　林雨欣
美術編輯　林鈞儀
排　　版　彭立瑋
企　　劃　李欣霓

發 行 人　朱凱蕾
出　　版　英屬維京群島商高寶國際有限公司臺灣分公司
　　　　　Global Group Holdings, Ltd.
地　　址　臺北市內湖區洲子街88號3樓
網　　址　www.gobooks.com.tw
電　　話　(02) 27992788
電　　郵　readers@gobooks.com.tw（讀者服務部）
　　　　　pr@gobooks.com.tw（公關諮詢部）
傳　　真　出版部　(02) 27990909　行銷部 (02) 27993088
郵政劃撥　50404557
戶　　名　三日月書版股份有限公司
發　　行　三日月書版股份有限公司/Printed in Taiwan
初版日期　2021年2月

國家圖書館出版品預行編目(CIP)資料

廚病激發BOY 01/藤並みなと著；江宓蓁譯.--
初版. -- 臺北市：高寶國際, 2021.02-
　冊；　公分. --

ISBN 978-986-361-960-4(第1冊：平裝)

861.57　　109018900

三日月書版

三日月書版

GOBOOKS
& SITAK
GROUP©

GOBOOKS & SITAK GROUP©